大活字本シリーズ

彼女に関する十二章

中島京子

《下》

埼玉福祉会

彼女に関する十二章

下

装幀　巖谷純介

目次

第七章　正義と愛情　7
第八章　苦悩について　43
第九章　情緒について　75
第十章　生命の意識　123
第十一章　家庭とは何か　167
第十二章　この世は生きるに値するか　203
解説　酒井順子　251

彼女に関する十二章

第七章　正義と愛情

その週の終わりに、聖子の歓迎会というのが職場で催されて、所長と営業スタッフとボランティアの人たち三名ほどで、繁華街の居酒屋に繰り出した。金原女史の職場では、たまにおしゃれなフレンチなどに誘われることはあっても、若者といっしょにホッケの塩焼きをつついて生ビールを飲むようなことはついぞなかったので、なんだか懐かしいような照れくさいような気がして、聖子は隅でおとなしくにこにこして過ごした。

カラオケに行きましょうよと若い子たちに誘われ、そのまま歌いに行ってもよかったのだけれど、丸川所長は仕事があるので行かないというし、若者だけで盛り上がらせてあげたいような気がして、「行きたいんだけど、今日は戻らなきゃいけないので、また誘ってね」と言って別れた。まだそう遅い時間ではなかったから、線路沿いを風に吹かれて歩き出す。こういうワイワイした感じは、勉が小さかったころママ友たちと大騒ぎして以来で、カラオケが苦手でさえなかったら、あの子たちに交じって歌ったってよかった。ボウリングに誘ってくれたらちょっと自信あるんだけど、昔取った杵柄《きねづか》で。

中サイズの生ビールと、身体を冷やさないために選んだ焼酎のお湯割り梅干し入り一杯で、少しいい気持ちになった聖子は、ずいぶんご無沙汰しているボウリングをイメージして、シャーと小さく口に出しながら投球ポーズをとってみた。夜道には街灯がともっていたが、人の気配はなかったはずだった。

だから、バッグを肩にかけたまま、両腕を交差させて右手を前に、右脚を斜め後ろ左に投げ出すような恰好で、シャーと言った途端に、街灯の陰から男が現れるなどということは、予想だにしていなかったし、その男がしばらく面食らって見つめた挙句、自分に向かって挨拶するように右手を挙げるとは、さらに予期していなかった。

聖子は腕と脚を、気をつけの位置に戻し、ゆっくりと右手を挙げて挨拶を返した。何を言ったらいいかわからなかったので、

「今日、歓迎会に来てくれませんでしたね」

と、とりあえずからかうような口調で恨み言を言ってみた。

「歓迎会だったんですね」

「ええ。ボランティアの方も数人いらして」

「すみません、うちに電話を引いていないので、連絡を受けていなかったんです。事務所に行ったときしか、話を聞く機会がないので」

「電話、引いてないんですか。携帯も？」

聖子は相手がそれを持っていないことを、確信しながら質問した。

はたして目の前の「調整ボランティア」片瀬氏は、静かに首を左右に振った。

「お近くなんですか？　いや、僕はこの先にアパートを借りてますが」

「私は隣の駅までちょっと歩いて電車に乗ろうかなと思ってたんです」

「こっちの方角へ？」

「そう。そっちの方角へ」

「じゃあ、歓迎会をサボったお詫びに、おしるこでもどうですか？」

「おしるこ？　こんな時間に？」

「僕はなるべく金を使わない生活をしているんですが、一つだけ自分に許してる贅沢があって、それがここのおしるこなんです」

片瀬氏が指さした先には、とっくにシャッターを下ろした個人商店があったが、そこは甘味喫茶ではなく「立木米穀店」という看板が下がっていた。

「おしるこ、いいですか？」

なんだか有無を言わさない口調で訊ねるので、聖子もうっかりこくりとうなずいた。片瀬氏はまっすぐ「立木米穀店」に近寄って行った。

そして米穀店の脇の路地を曲がったかと思うと、あっというまに二本の「おしるこ缶」を手にして戻ってきた。

「あ、おしるこ」

「これ、売ってる自動販売機がここしかないんだ、このあたりじゃ」

熱いので気をつけてくださいよ、と言いながら手渡される「おしるこ缶」を、ハンカチで包むようにして受け取る。

聖子を従えて、片瀬氏は明確な目的地があるかのように歩き出した。

ちょっと待って。なんだろう、この人、アパートに連れていくつもりかしら。

道はあいかわらず線路脇で、街灯もあったし、ぽつんぽつんと赤提灯やらコンビニもあって、人通りこそなかったけれども歩いて危険な場所ではなかった。いざとなれば、私はここで、と走り去ることもできそうだったが、とにもかくにも後について歩き出した聖子は、この風采の上がらない初老の男と自分がどんなふうに見えるのかということは、この際、あまり考えたくなかった。

一分も歩くと小さな児童公園に着いた。公園には桜の木が一本あって、ベンチに覆いかぶさるように枝を広げていた。二人はそこに腰をかけた。ぼんやりとした街灯の周囲だけが、自慢げにつややかな紅葉を見せていた。

片瀬氏は厚ぼったい素手でおしるこの缶を握り、目をつむって少しずつ、熱い液体を啜った。「一つだけ自分に許してる贅沢」を、ゆっくり味わうように口に含んで、ごくりと音を立てて飲み込むと、ふわっとした笑顔を見せた。

聖子もハンカチの中の缶を開けて、その温かいおしるこを飲んでみた。思ったよりさらりとしているけれど、ひどく甘い飲み物だった。肌寒い夜の戸外で暖を取るにはいいのかもしれない。温かいだけではなくて、その甘さに、慰められるような気もした。

「電話なくって、不便じゃないんですか？」

不便です、という答えなんかぜったいに返ってこないだろうなと思いながら、聖子はそう言ってみた。

片瀬氏は意外にも真面目に考え込んだ後に、

「便利ということに、興味が持てなくなってしまったんです」

と言った。

「興味？」

「そう。便利か不便かを考えると、便利でないことはあきらかなんです。でも、便利である必要があるか、何にとって便利か、ということを突き詰めるとめんどくさくなってきて、興味がなくなってしまったんです」

片瀬氏はおしるこをまた一口含んだ。きっとそれはほんとうにたまに味わう贅沢で、ほんのちょっとずつ口に流し込むにふさわしい、至福の時間なのだろうと思わせた。ようするに何かしら、この人のような人物を、「浮世離れ」と言うのではないかしら、と頭の中に聖子は言葉を巡らせる。私、なんだかこんな人知ってた気がする、と聖子はふと思ったが、それが誰かは思い出せなかった。

さわさわと木の葉を揺らす風が吹き、聖子は温かい缶を頬に押し当てた。

「いま片瀬さんが興味をお持ちなのは、どんなことなんですか？」

頭に浮かんだ疑問を口に出してから、ちょっとだけびくついたのは、「調整ボランティア」の片瀬氏にあれこれ質問するのは、タブーなのではないかという危惧がよぎったせいだ。

「そうですねえ、金を持たない生活ですかね」

「お金を持たない生活？」

「うん。持たないし、使わない。使うのは、拾った金をおしるこに使うときだけ」

「ほんと？」

「このコインはね、拾ったんです」

と、自動販売機のお釣りと思われる小銭を手の平に載せて片瀬氏は自慢げに見せる。

「小銭を？」

「そう。そんなに探してないけど、わりとよく拾う。自動販売機の下とか、駅の切符販売機の下とか。駐車場の料金ボックスの下とかね。そうすると、アッて思う」

「アッて?」

「みぃつけたって。私のおしるこ基金です」

「そんな貴重な基金から、私のために買ってくださるなんてなんだか申し訳ないです」

そう言って隣を見ると、片瀬氏は嬉しそうにして、

「誰かといっしょに飲むのはいいです」

と、うなずいてみせた。

「お金を持たない生活はうまくいってますか?」

いけない、また質問してしまった、と思いながら横を見ると、片瀬氏は真面目に考え込んで、眉間に太皺が寄るほどだったので、これはまずい質問だったらしいと二十回くらい後悔の念を巡らせた聖子の横

で、文字通り愁眉《しゅうび》を開いた片瀬氏は、フッと笑いを漏らして、

「原理原則を立ててもうまくいかないんですよ。持たないと決めたら落ちてても拾わなきゃいいのに、拾っちゃう。拾うと心がときめくんです、おしるこが買える、とね。一つだけ、わりと成功しているのは、うっかり持ったらすぐ使う、という原則ですね。何かで人からいただくこともありますから」

お金を持たない生活というのは、いわゆる節約というのとはどうも違うらしい、と聖子にもイメージされたが、かといって、この不思議な初老男の言葉の意味が、すとんと腑に落ちたとも言いかねた。二人はしばらく無言で、おしるこ缶を飲み干した。缶は片瀬氏が受け取って、二つとも公園のゴミ箱に放り込む。

少し先の角で、片瀬氏は挨拶をして路地を入っていった。聖子は一人で隣の駅まで歩き、電車に乗った。電車の中で、この浮世離れした人物は知り合いの誰に似ていたんだっけかな、とぼんやり考え続けた。

翌週事務所で片瀬氏と遭遇したことを所長に話すと、所長は思いのほか険のある表情をして、

「ああいう人も困るよね」

と言うのだった。

「困る？」

「調整さんの生活がどうなってるのか、私は知らないよ。彼にはね、彼なりの正義みたいのがあるらしいんです」

丸川所長は聖子の淹れたお茶をずいずいっと吸い込むように飲んだ。

「正義、ですか」

「いらん、正義だよねえ、あんなの」

ひどくきっぱりした意見を吐いて、所長は空になった湯呑みを眺めた。淹れなおそうと席を立ちかける聖子を制して、所長は立ち上がって急須に湯を注ぎ、戻ってきて自分のと聖子の湯呑みにお茶を足した。

「金を持たないで暮らしていこうというんでしょう？　ようするに、この今の時代のね、世界を巻き込んだ拝金主義というか資本主義にあらがって、金というものと無縁に生きていこうというんでしょう？」

「そういう壮大な理想というか、正義があって、ああいう生活をなさっているわけですか」

「だってね、前なんかものすごい仏頂面で現れて、関節に痛みがあるから、藪に行って蜂に刺されてみたって言うんだよ」

「関節が痛いから蜂に刺された？」

「蜂の針の毒には、ある種の副腎皮質ホルモンの百倍も強力な抗生物質が含まれていて、関節炎に効果があるというんだ。いやね、あるんですよ、蜂針療法っていうのは、昔から。だけどねえ、あんた、だからってさ、藪の中へ入ってってスズメバチに刺されてどうするんだよ。うっかりすりゃ、死んじゃうだろう。少し、頭が弱いのかもしれないな」

「それで、どうなったんですか？　病院には」

「行かないの。行かないんだよ、あの人は。だけど、刺されたら痛かったらしいね。思わず患部をひねって毒出しをしちゃったらしい。しかも急に怖くなって、ドクダミを貼ったりしてあわてて民間療法で治そうとしてたよ。関節炎はおかげで治ったって言い張ってたけど、ありゃ、蜂の毒で治ったんじゃない。びっくりして治っちゃっただけだと思うね」

聖子はおしるこを飲みながら、原理原則を立ててもうまくいかないと言ったときの片瀬氏を思い出し、おかしくなって少し笑った。

「ほんと、あの人ちょっと、おかしいんだよ。寅さんみたいな人だよ」

ある種の達観に至ったのであろう丸川所長はそう言うと、弁当包みの先をきゅっと結わえた。

その日の夜、夕食を取り終え、ダイニングの椅子に腰掛けて、生姜入りの紅茶を飲みながらダイレクトメールやチラシ広告と私信を分けていると、ターコイズブルーの海を写した大判の絵葉書が目に飛び込んできた。

「こんなことばかりでいいのかなと思いますので東京に帰ります」

お世辞にも美しいとは言えない字で書いてあった。

聖子は、瞬間的に顔を上げた。夫は目の前で夕刊を読んでいて、何も気付いた様子はなかった。まあ、ただの葉書だし、特別どういう内容が書いてあるわけではないので、気を取り直して聖子はもう一度その絵葉書を眺めた。差出人は、久世佑太の息子の穣だった。父親の遺産を整理した久世穣は、すっかり日本が気に入って、久米島で英語の先生をしているはずだった。

いったい、何を「こんなことばかりでいいのかな」と思っているのだろう、この青年は。考えてみれば、三十一にもなって、アメリカで勤めていた会社をぽんと辞めてしまい、遺産の整理も終わったのにそのままぶらぶらしているというのは、どうしたものだろうと思わないではない。アメリカという国のことはよく知らないけれども、やはり三十過ぎというのは、一般的にいって、世界のどこであろうとも、結婚したり子供を持ったりするのにけっして早くはない年齢のように聖子には思えた。だから、本人もそんなことに思い至って、そろそろ放浪もおしまいにしようとしているのかもしれない。

しかし、そのとき唐突に、まったく別の可能性が頭をよぎり、とうとう聖子は夫の近くにいるのが疎ましくなってキッチンに引っ込み、マグカップと絵葉書を手にしたまま、冷蔵庫にもたれかかった。

もし久世穣が自分の放浪をやめようというのだったら、「こんなことばかりでいいのかなと思いますのでアメリカに帰ります」ということにならないか。そこを「東京に帰ります」というのだから、ぐずぐずとした何かを断ち切って戻るべき場所は東京であり、東京にこそ、彼のだいじな何かがあるとは考えられないだろうか。

そういえばところどころひどく思わせぶりというか、聖子さん、聖子さんと各地から書いてきていたメールのことなども思い出される。

聖子は首をゆらゆらさせながら、冷蔵庫の側面にマグネットで絵葉書を留めた。こうしておけば、ターコイズブルーのきれいな海が見えるだけで、穢の美しくない字も文面も見えないし、ここに貼ってある絵葉書やマグネットを夫が動かすことはまずない。心なしか口の端に笑みが浮かんでくる。

いやその、何かどうってことは、ないのだけれども。

浅草で四人兄弟に遭遇して以来、「久世佑太が真に結婚するべき相手は、じつはこの私だったのかも」という、どこか韓流ドラマめいた妄想からは醒めたものの、あの人好きのするハンサムな青年のことを考えるのは、やはりちょっと楽しくはあるのだった。

それから二日ほどして、「土日のどちらかで、会いませんか？」というメールが届いた。

週末はたまたま守が地方取材で、家で食事を作る必要もなかったし、久世穣が会いたいというので上野公園で待ち合わせて、園内のカフェに入った。晴天の中の紅葉は瑞々しくて美しかった。枯れきった初老の男とぼんやりした街灯の下でおしるこを飲むのと、若くてモデルのような顔だちのハーフ青年と午後の木漏れ陽の中でカフェオレを飲むのとでは、絵になり方が違うわねえと聖子は頭の中で独白した。『オータム・イン・ニューヨーク』というリチャード・ギアの映画があったが、東京のセントラルパークだって、恋人たちに出会いの場を提供するにやぶさかではないと言いたげに、上野公園の紅葉は見事だった。

そういえば、あの映画は昔の恋人の娘に恋をする中年男性の話だったわ、と聖子は思い出した。ウィノナ・ライダーが余命いくばくもない美しい娘で、偶然自分の経営するレストランで彼女に会ったプレイボーイのリチャード・ギアが、若かりしころに少しだけ何かあった女の面影を宿す娘に惹かれてつきあううち、彼女の運命を知り、本気で彼女を愛するようになるという、世界中の女の涙を絞り切るような設定なのだった。

都会の真ん中の公園。昔の恋人の忘れ形見と恋に落ちるミドルエイジ。

うっかりそんな思いを巡らせる聖子の目の前の、久世佑太の忘れ形見は、座ったきり口を開こうとしなかった。

「ねえ、何か悩みがあるんだったかしら？　そんなことが、葉書に書いてあったみたいな気がしたんだけど」

憂い顔でエスプレッソを啜っている青年に聖子は訊ねてみた。

まさか余命一年の難病を抱えたというわけではないだろうが、葉書に「こんなことばかりでいいのか」とかなんとか書いてあったからには、聖子に何か話したいことがあるに違いない。

聞いてもいいのかな。

あれ、聞いちゃってもいいのかな。

だいじょうぶ、私は大人だし、既婚者だし、とんでもないことになったりはしないのよ、理性があるから。やろうと思えば、気づかない振りだってできるの。

そう、内心の声を響かせつつ、聖子はにっこり笑った。

すぅーっと、目の前の男が息を大きく吸ったように見えた。

「僕は父のようにならないとずっと思ってたから、ガールフレンドとの関係は、ハイスクールからずっと真面目でしたね」

唐突に、目の前の青年は自分語りを始めた。

「もちろん、つきあった女の人は一人じゃないけど、いつも交際は、シリアスでしょ。父のために日本に来るときに、ガールフレンドはいっしょに来てくれなかったから、それはしょうがないですね。彼女はもう、誰か他の男とつきあっていると思う」

何かが来る予感がして、聖子は深くうなずいた。

「でも、僕はいま、日本にいて、ここにずっといるかどうかわからないでしょ。だから、いまシリアスな恋愛をするのは、いいことじゃないと思ったんですね」

「わりと考え込むほうなのね」

うつむき加減に目を伏せながら言う青年に、そう声をかけながら、聖子の脳裏には唐突にアンドレア・デル・サルトという名前が鳴り響いた。

というのも聖子はカフェに来る前に東京都美術館で開催中の展覧会を観てきたのだけれども、ウフィツィ美術館展で公開されていた〈ピエタのキリスト〉と題される、うつむいたキリスト像の憂い顔に久世穣の深刻な顔はよく似ていた。そしてじつを言えば、この少し寂しげな表情こそが、聖子の気持ちをとらえて離さないものでもあった。

　びっくりしたのは、その絵を描いたのが、アンドレア・デル・サルトだったことで、アンドレア・デル・サルトといえば、夏目漱石が『吾輩は猫である』という小説の中に登場させた画家であるから、聖子も小学生のころから名前だけは知っていた。そのアンドレア・デル・サルトを観ることができたのも驚きなら、アンドレア・デル・サルトが、じつは本名ではなくて、「仕立て屋アンドレア」というほどの意味であり、アンドレア・ダニョーロ・ディ・フランチェスコという舌を嚙みそうな実名を持っていたことなども衝撃だった。アンドレア・デル・サルトがアンドレア・デル・サルトでなかったとしたら、『吾輩は猫である』の冒頭は、あんなにおかしいだろうか。

　しばらくアンドレア・デル・サルトに想像をはばたかせていた聖子

は、考え込む久世穣の苦悩に満ちた表情が、ふいに変わるのを目に留めた。

「ところが、シリアスな関係にならないと決めたら、僕はとつぜんモテたんです」

久世穣からは、〈ピエタのキリスト〉的崇高さが去って行き、どことなく下世話な表情が生まれ、天使の翼がもぎ取られていくような印象を聖子は持った。

「とつぜんモテた？」

「そう。自分でもびっくりするくらい、僕はいまモテているんですね」

「現在進行形？」

「そう。複数同時進行形」

「誰と誰と誰？」

「主婦とぉ、専門学校の学生とぉ、英語学校の事務の人」

「はあ」

聖子はここで発すべき擬音について思いを巡らせ、「ちええ」というのを思いついたが、秋の上野公園で鼻の頭に皺を作ることは自粛した。

「僕は気づいた。真面目じゃないは、とってもモテるね」

「だってそういうモテは誠実さの否定なんだから、そりゃそうでしょ」

言い放ってから、やれやれ、と聖子は思った。

そういえば六十年前のベストセラーの、あの古臭い作家が得々と、男女の愛における嘘の効用について「正義と愛情」という章で書きつづっていたことを思い出したのだ。誠実さや真摯な愛情なんてものはときには重く、私の中身を好きになって頂戴と迫っても人はなびかず、きれいに見えるように化粧をして、自分が異性の興味を引く存在であることをチラつかせ、あいつは浮気しているのではないかという不信の種を植え付けておくことこそが、愛情を長引かせる秘訣なのだ、というようなご意見だった。

主として妻が夫の歓心を惹きつけておくためのテクニックとして紹介されていたのだが、この目の前の若い男は、自らの誠実さを守ろうとしたためにかえって不誠実に陥り、それが妙な魅力を添えてしまった結果、「シリアスでない」関係をいくつも作ってしまっているらしい。

あの、おんなじ顔の兄弟を思い出すにつけ、父のようにはなるまいとずっと思っていた青年がせっせと種まきをしている図が思い浮かび、いわく言い難い落胆のようなものが聖子の胸を覆った。こうしてDNAは受け継がれていくのか。

「それで、あなたの現在のお悩みとは何？」

「分裂」

「はい？」

「矛盾」

「難しい言葉を使うのね」

「アンビバレント。にりつはいあん」

「背反」

「はいはん」

「自分でも、こんなことしてていいのかなと思うんだったら、そろそろお国に帰ったらどうなのかしら」

「そう思うんだけど」

「だけど？」

「聖子さん。なんか、人間て、正しいことばかりして生きられないでしょう？」

アンドレア・デル・サルトのキリストに似た憂い顔を持つ幼なじみの息子は、しばらく日本に留まることになるだろうと、聖子はその表情の変貌を見て予感した。

そして、聖子の知る繊細で孤独な少年、うつむいた憂い顔が幼い聖子を夢中にさせた久世佑太も、成長のどこかの時点で、つまりは聖子が知らない日々の中で、きっとこの表情を獲得したに違いない、と思った。ふいに天使の翼を捨てて、人間らしく矛盾を抱え込むことを選択したのだろう。そしてせっせと種まく人生を生きたのだろう。

久世佑太に、あるいはその息子に対する何かしらセンチメンタルな思いの波が、浅草の四兄弟出現時からさらに引いていくような感覚を聖子は覚えた。

ひょっとしてこれは、遅い、遅い、四十年後の失恋のようなものかもしれない。

ほんのちょっと前に、一瞬『オータム・イン・トーキョー』を夢想したことを、誰にも、誰にも、けっして明かすまいと思いながら、聖子は、アンドレア・デル・サルトのキリストと俗世に堕ちたモテ男の顔を交互に見せている久世穣を、その場に残して早々に引き揚げた。

そうそう、これよ、ここ、ここ。なんか、聞いたことのあるフレーズだと思ったわ。

帰宅するなり聖子はタブレットでキンドルアプリを立ち上げ、例の六十年前のエッセイ集の「正義と愛情」の章を読み出した。

「もしも人間が正しいことを考え、正しいことを言い、正しいことのみを行動して、生きることができれば、それはもっとも幸福な状態に違いありません。理想国家の、理想家庭では、きっとそのようなことが可能となるでしょう。／しかし人間というものは、正しいことばかりして生きられるものではないようです」

なるほど、正義とか正しさというのは、あんまり人を居心地よくはさせないものらしい。今週は結局、そのことばかり考えていたことになる。

「彼にはね、彼なりの正義みたいのがあるらしいんです」

そう苦々しげに言いながら愛妻弁当を食べていた丸川所長の言葉を思い出した。

「正義、ですか」

と訊ねた聖子に、

「いらん、正義だよねえ、あんなの」

と、ぶっきらぼうに返した口調も思い出した。

人間は正しいことばかりして生きられない、というのは、六十年前のベストセラー作家と、丸川所長と、久世佑太の息子に共通の見解であるらしい。

ふんだ、そんなもんですかね。

若干、八つ当たりのような気分を抱えて、聖子はそうひとりごちた。

第八章　苦悩について

聖子は、初恋の相手の息子に関するくだらない妄想を頭から追い出し、毎日「サポートステーション・ゆらゆら」に、きちんきちんと定時に通った。ごちゃごちゃになっていた領収書の山も、次第に整理されていったのではあったが、困ったことにある日、事務所のパソコンが立ちあがらなくなった。

「BOOTMGR is missing

Press Ctrl + Alt + Del to restart」

という英語が出てくるのだけれど、言われた通り「Ctrl」と「Alt」と「Del」を何度押してみても、同じ画面になる。エクセルを使わないと仕事にならない聖子は往生して、マニュアルと首っ引きでなんとかしようとしても、まったくお手上げだった。

「あの人がいりゃあ、一発で直るんだが」

観念した丸川所長がそう言った。

「あの人って？」

「調整さん」

「そういえば、このところ、見えませんね」

「じゃ、仕方がない。呼ぶか」

「だって、電話がないんでしょ」

「そうなんだよ。呼ぼうと思うと、誰かに部屋まで行ってもらわなきゃならないんだよな」

「いや、それより、メーカーのカスタマーセンターに電話をしては」

所長と聖子があれこれ考えているとき、静かに事務所のドアが開いた。振り向くと、ぎょっとするほどげっそり痩せた片瀬氏が顔を出した。痩せさらばえた片瀬氏は、ふらつく足取りで聖子の使っているパソコンまで歩いて行き、なにやらぶつぶつ言いながらそれをいじりはじめた。

「だいじょうぶですか？」

もちろん聖子は片瀬氏自身を心配してそう声をかけたのだが、本人

は勘違いして、

「すぐ直します」

と、ぶっきらぼうに答えた。

部屋のどこかからCDらしきものを見つけてきて、動かなくなったはずのパソコンを起動させ、聖子には理解できない操作をあれこれ試した挙句に、

「直りました」

と、すまして言う「調整さん」の腕は健在だったが、顔の肉が落ちて目がぎょろぎょろした風貌はどう考えてもおかしかった。

「やあ、ありがとう、すまないね」

丸川所長はことさら何もないように振る舞っているのか、それとも

この異常事態に気づいていないのか、聖子にはさっぱりわからなかった。直ったパソコンの前に座り、いつもの打ち込み作業を続けながら、ときおり首を伸ばして奥の席を覗き見ると、背を丸めた片瀬氏が椅子に沈み込むように座っている。腕を組んで動かないところをみると寝ているのかもしれなかった。

具合が悪いなら出て来なければいいのに。

パソコンの不調を直してもらったことも忘れて、聖子は少し腹を立てた。

だいたい何日も顔を見せないでおいて、急にひょっこり出て来たと思えば死にそうな顔をしているなんて、はた迷惑な話だわよ。それなのに、こんなふうに「調整」してもらったのでは、お礼も言わなくちゃなんないし、さっさと帰れとも言いにくいし、なんかこう、めんどくさい人だわね。

昼どきになると、丸川所長が自ら給湯室に湯を沸かしに行き、二人で弁当を広げるのが習慣になっていたが、所長が動き出したのを見ていつものようにバッグから弁当を取り出そうと思って、聖子は小さく声を上げた。

「どうかした？」

所長が左手に急須、右手で器用に湯呑みを三つ持って出てきた。

「お弁当忘れた」

なんたる不覚。なんたる散漫。今朝は昨日揚げたコロッケを、レタスといっしょにホットドッグ用のパンに挟んで、コールスローサラダを小さなプラスチック容器に入れて豆乳入りコーヒーといっしょに持ってくるはずだったのに、いつもの弁当箱とサイズ感が違うために、小風呂敷を使わずに小さめの手提げ袋に入れて、そのままダイニングテーブルに置き忘れてきたことが判明した。

当惑した聖子の表情をしばらく凝視した丸川所長は、急須と湯呑みを作業机に置くと、おもむろにポケットに手を突っ込んで財布を取り出し、二枚の千円札を引っ張り出した。

「じゃ、これで片瀬さんとカレー食べてきて」

え？　カレー限定？

妙なところにつっこみを入れそうになったのを自制して、丸川所長の目を見ると、しきりにうなずいて、

「行ってきて」

と、言った。

「でも」

口ごもる聖子に所長は再度、

「領収書もらって」

と強い口調で促し、後はさあ行った行ったと言わんばかりに手の平を振ってみせた。

聖子は部屋の奥の席に埋もれるようにして座っている片瀬氏に近づいた。

「だいじょうぶですか？」

再び、そう声をかけると、片瀬氏は立ち上がってから、うんとうなずいて年季の入ったステンカラーコートを羽織った。ステンカラーとはまた、そのラグラン袖のぽってりしたコートを見なければ思い出さない単語だった。それはつまり、聖子にとっては、『刑事コロンボ』でピーター・フォークが着ていたよれよれのコートのことであり、目の前の片瀬氏はまさしくそのよれよれのコートを、これ以上、よれよれ感において自分に優る人はこの世におりません、なぜならピーター・フォークはもう死んでしまったからです、と主張するかのように見事に着こなして、聖子の後ろをついてきた。

「所長さん、カレーって言ってましたけど、カレーでいいですか？　何か他のものでも」

振り返ると、ステンカラーのコートからやはり少しくたびれぎみのコール天のズボンと灰色がかった革靴を覗かせている片瀬氏は、強い意思も希望もなさそうに首を左右に揺すった。

そういえばコール天って、最近言わないわね。だけど、この人のズボンはどう見てもコール天であって、コーデュロイではないわ。

聖子はどうでもいいようなことを考えながら片瀬氏を先導して進み、商店街にある例の喫茶店の扉を開けた。コーヒーとカレーの匂いがした。

「こんなこと、いきなり言うのは失礼かもしれませんけれど」

自分と片瀬氏のために注文をこなした後で、聖子は口に出した。

「お身体の具合が悪いのではないですか？」

激痩せしててびっくりしたわよ、と単刀直入に言うほどの親しみを、聖子はこの男性にまだ持ってはいなかったから、かなり気を遣った表現になってしまったけれども、口調にはいくらか非難めいたものを込めてみた。

片瀬氏は配られたおしぼりで丁寧に手を拭き、答えようかどうしようか困ったような顔をしたが、水の入ったグラスに口をつけてしばらく考えてから、

「どうも肋骨が折れたらしいんです」

と、唐突に言った。

「肋骨？」

聖子はおうむ返しに聞き返したが、できればそのまま「折れた」と「らしい」にも疑問符をつけて問いただしたい気持ちに駆られた。

「じゃないかなあと思う」

片瀬氏がすこぶる無責任にそんな推測を述べていると、ウェイトレスのお嬢さんが例のカレーを運んできた。スプーンの先にペーパーナプキンが巻きつけてあるのが、ちょっと懐かしい雰囲気を醸し出していた。

「お医者さんには」

「行っていません」

「行ってください」

「いやあ、行きません」

行きませんと言われるとは思っていなかったので、聖子はスプーンを取り落としそうになった。

「なんで？」

「まあ、行かんでもなんとかなるでしょう」

「なんともなりませんよ」

「いやあ、なるでしょう、肋骨ですから」

「そもそも、なんで肋骨が折れたんですか」

「咳」

そう言った途端に、目の前の男はカレーにむせて咳込んだので、聖子はパニックになった。

「だいじょうぶです、だいじょうぶです。いまのはたいして響きませんでした。ということはもう、肋骨もくっついてるはずです」

咳で肋骨を折ったとか、もうくっついたとか、行かんでもなんとかなるとか、どうなってるんだろう、この人の生活。咳で骨折るような脆《もろ》さだと知ってるなら、スパイシーで咳込む可能性のあるカレーなんか食べないでちょうだい！

聖子のほうはすっかり食欲が失せて、スプーンでカレーを片側に寄せたりしながら考えた。ちょっと、この、変わった人といっしょにいるのは疲れる。

「そんなにおおごとじゃないんです」

言い訳するように片瀬氏は言って、何かを探すように周囲を見回した。聖子はバッグからポケットティッシュを取り出して渡した。片瀬氏は軽く頭を下げた。

「おおごとですよ。すっかり痩せちゃってるし。それにお医者に行ってないんだったら、肋骨かどうかわからないじゃないですか。内臓疾患だったらどうするんですか。だいいち肋骨だとしたって、病院に行けば適切な処置をしてくれますよ。コルセットみたいなのつけたり、痛み止めくれたり」

「コルセットは自作しました。痛みを止める方法はそれなりにあるんです。自分には少々、東洋医学の知識がありましてね、ツボというのはこれで案外」

「どんな知識があっても、病院には行かなくちゃだめですよ。医者の不養生ってのもあるし、だいいち片瀬さん、医者じゃないし」

「はあ、しかし」

「そういうのはみんな、例の、お金を使わないで生きるっていうことのため？」

「え？」

「所長さんは、片瀬さんなりの正義のようなものがあるんだって言っててらしたけど、医者にも行かないで体壊したら、本末転倒でしょう」

それだけ言うと、聖子はひたすらカレーを口に運んだ。口の中がヒリヒリして、水を流し込むとさらにそれが拡散するような感覚があった。片瀬氏の右横に置きっぱなしになっていたポケットティッシュを取り返して一枚取り出し、鼻に当てた。

「そんな、エラいようなもんが、あるわけでは」

片瀬氏はびっくりしたらしく、肩をすぼめて小さく言い訳し始めたが、何を怒られているのかも理解していなかったようで、要領を得ないままだった。

　向かい合った二人の間を沈黙が支配し、スプーンが食器にぶつかる音と、鼻を啜りあげる音だけがそこにあった。店にいる人たちの多くが一人で来ていたため、店全体が静かで、店主が好きで流すらしい五〇年代風のジャズ・ボーカルが、甘ったるく響いていた。

　そのボーカルがトランペット吹きでもあるチェット・ベイカーだと、唐突に聖子は気づいた。外国人の名前を覚えるのは苦手なのに、その名前を憶えていたのは、若いときに、そのミュージシャンのドキュメンタリー映画を観に行ったことがあったからだ。当時人気だった（いまも人気かもしれない）とても有名な写真家が撮ったことでも話題になったその映画のタイトルはたしか、迷子になろうとか、消え失せようとか、失業しようとかいったような英語で、ドラッグが原因でトランペッターの命とも言うべき歯を失い、ミュージシャンとしての仕事を失って、路頭に迷ってガソリンスタンドで働いたりした男の半生を描いていた。当然背景に流れる音楽は、そのミュージシャンの演奏で、なんだかひどくせつなくなる映画だった。

「『レッツ・ゲット・ロスト』だ」

思わず口をついて、そのタイトルが飛び出した。目の前の初老の男は少し考えるように首をひねり、

「うん？　いや、これは『レッツ・ゲット・ロスト』ではなくて」

と言いかけたのだが、ちょうど片瀬氏が口を開いたころにエンディ

ングにかかっていたその曲は終わって、また似たような明るめのトランペットが流れてきた。

「ほんとだ。『レッツ・ゲット・ロスト』です」

片瀬氏が驚き、聖子も耳を澄ませた。トランペットの演奏が続き、それから男の声が歌い出すのが聞こえた。「消えちまおうぜ、お互いの腕の中で」と歌うそれはたしかにラブ・ソングだったが、聖子の頭の中ではあくまでも、歯を失って、失業し、世の中からも消え去った男のテーマ・ソングだった。

「病気になったり、ケガをしたりして、お一人で、誰にも知られずに苦しんでおられたかと思うと、お気の毒というよりも、なんだか腹が立ちます。もう少し、ご自分のことをだいじにされたほうがいいと思います」

すっかりぬるくなったコーヒーにも腹を立てながら、そう聖子が言うと、

「ジャズはお好きなんですか？」

この話題は切り上げようと思ったのか、やはりぬるいコーヒーを飲んでいる片瀬氏は、思わぬところにボールを投げた。

「話、逸らさないでくださいよ」

「怒られるとは思わなかったな」

片瀬氏はほんとうに戸惑ったらしく、落ち着きなく周囲を見回したが、観念したのか小さな声で続けた。

「そんな、信念がどうとか正義がどうとかいう話ではないですよ。

医者に行かなくてもたいていのものは治るし、治らなければ治らないで仕方がない。薬はある疾病を治すかもしれませんが、違う疾病を誘発することだってある。どっちもどっちだと考えてるんです。金を使わずに暮らすのは、やってみたら案外できることに気づいたからで。それが正しいとか、人様が間違ってるとか思ってるわけじゃない。ただ、自分にとってはこのほうが生きやすいし、その意味では正しい選択だと思っているんです」

「そういうのはなんていうか、ちょっと、ワガママっていうか、はた迷惑ですよ。人間はね、正しいことばかりして生きられないものなんですよ！」

そう言うと聖子は伝票を取り上げ、さっさとレジに向かった。

事務所に帰り、聖子が自分のデスクにつくと、片瀬氏は少し所内をうろうろした末に帰って行った。

それから一週間は、片瀬氏もまめに事務所にやってきた。

あの後、気まずくなるようなことはまったくなかったし、どちらかといえばむしろ親しくなったのかもしれないと思われるような、快活な挨拶を受けることすらあって、言いたいことは腹に溜めておくべきではないのね、などと聖子も気をよくしていたのだった。

だから一週間が過ぎて、また片瀬氏の姿が見えなくなったときも、初めのうちはどうしたのかなと多少気になる程度だった。

「だいぶ働いてもらったからね。しばらくは、来ないんじゃないかな」

片瀬氏の空いた席に視線を投げて、丸川所長がそう言ったときも、そうかもしれないなと思っただけだった。そのうち出てくるんだろうと、素直にそう思ったのだ。

ところがその、次の一週間が終わろうというころになって、妙に自分の発言が気になりだした。相手のことなどほとんど知らないのに、叱りつけるような真似をして、あのときの自分はどうかしていたんじゃないだろうかと、自責の念が湧きあがってきたのだった。

しかもつらつら考えてみるに、あんなふうに目の前の人にいらいらをぶつけてしまったのは、ひょっとして久世佑太の息子と会ったときから溜めていたもやもやした不愉快さを誰かに八つ当たりしたということなのではないかと思えてきた。だってそうでなければ、なんだってあのとき、「人間はね、正しいことばかりして生きられないものなんですよ」なんて言葉が出てきたのか。それは、なんとも恥じ入るべき八つ当たりに思え、穴があったら入りたい、なければいますぐ掘りたい、というような気持ちにさせられた。

さらに追い打ちをかけたのは、ボンゴからのメールだった。真面目で熱心で常に社会に関心のある元女性校長であるところのボンゴが、「年末年始をホームレスで過ごす人たちを支援しよう！」という呼びかけを送ってきたので、ちょっと考えた末に、少ない額ではあるけれども寄付することにした。

そして、その報告も兼ねて久しぶりに近況などを書きつづっているうち、気になっているものだから、つい「知り合いのホームレス経験者」の話を書いてしまった。「お金を使わずに生きることを信条としているようで」「健康保険にも入っていないし」「痛みを変な民間療法で治したりしていて」「ちゃんと病院に行ってくださいって言ったんだけど」みたいなことを、できるだけ自分が悪者に見えないように書いてみたのだが、そんなことをわざわざボンゴに知らせる必要があるわけではないのだった。

おそらく、一つに、片瀬氏に八つ当たりしたことが気になっていて、二つ目の理由は、ボンゴにどこかで「そういう人も困るわよね」とかなんとか、同意して欲しい気持ちがあったらしい。ということを、聖子は、その思惑とはまったく正反対のメールをボンゴから送られてみて気づいた。

ボンゴは、控えめで配慮に満ちた文体でありながら、やんわりと聖子の無知と無頓着を責めていた。あるいは、責めるとまではいわずとも、注意を喚起する意図が感じられた。さすがは教育者、という感じのメールだった。ありがたいと思いつつ、聖子は一気に落ち込んだ。

「ブリちゃん　お返事ありがとう！　寄付してくれたのね、いつもすみません。私もこういう件に関しては、ネットで寄付金を送るくらいしかしていなくて、しかも私一人じゃ、金額もそう多くないから、つい友達に呼びかけちゃうんだけど、反応してもらえて嬉しかったわ〜。

ところでブリちゃん、その元ホームレスの男の人だけど、ほんとうに自らの意思でお金を使わない生活をしているのかしら。そこのところが、ちょっと疑問だと思ったのよね。

ホームレスになるのには、人それぞれの理由があるけど、その人たちに寄せられるいちばん多い偏見は、働こうと思えば働けるのに好きで野宿しているというものなんだって。好きでやれるほど悠長なもんじゃないって、私の知り合いの、ホームレス支援をしている人は言うの。とくに冬は命がけだって。

働き口がないのは深刻で、お金がなければ保険料も払えないし、お医者さんにかかりたくてもかかれないという状況は、ほんとうに切実なものみたい。それに、行き倒れた人のために救急車を呼んでも、受け入れてくれる病院がなくてたらい回し、という話も聞きます。

人にはプライドがあるから、どんなに困窮しても生活保護を申請したくないという人もいるみたいなのね。困っている人の制度なんだから、困ったら利用すべきなのに、やっぱりこの国には生活保護を受けている人たちへの偏見もあるのよね。わざわざ、ほんとはお金持ってるのに生活保護受けてずるいみたいなこと、言い立てる人も多いでしょ。だけど、そんなケースはほとんどないし、むしろ公的制度に救われることを知らなかったり、自ら拒んだりして、事態をこじらせてしまうことも多いらしいです。

ブリちゃんの職場に出入りしている人なら大きな問題はないとは思うけど、一人で暮らしている人は何かと心配よね。

余計なこと、書いてしまいました。ごめんなさい。長くなったので、またね～。ボンゴ」

ボンゴの書き送ってきたことは、非常にまっとうだと思われた。聖子は怖いもの見たさに似た心理でもって、何度もボンゴのメールを読んでしまった。何度目かにメールアプリを開こうとして、うっかり電子書籍アプリに指が触れてしまい、夫が開いていたのであろう『女性に関する十二章』の、第八章「苦悩について」の冒頭が目に飛び込んできたときは、あまりの偶然に頭がくらくらした。

「あなたは、後悔することがありませんか？　後悔というのは次のような症状の現われる病気であります。

――あのとき、あんなこと、言わなければよかった。（略）今日あったこと、昨日のこと、三年前のこと、十年前のことを思い出し、言ったこと、言わなかったこと、したこと、しなかったことを考えて、心をかきむしられるような気持となることを、後悔と言います」

聖子は、ボンゴのメールを読み込んでしまったのと同じ心理によって、つい読み進み、途中で放棄して、あわてて読んだことを忘れ去ろうと思ったが、読んでしまったものは記憶から出て行かなかった。

「あのとき、あんなこと、言わなければよかった。言ったこと、言わなかったこと、したこと、しなかったことを考えて、心をかきむしられるような気持」。まさに、それこそが、いま現在、聖子に取りついて離れないものだった。

「私が人の間にあって何かを言います。それはきっと誰かを傷つけています」

傷つけているに違いないよ。

聖子は心の中で思った。なんだって、よれよれのコートを着てガリガリに痩せている気の毒な初老の男に、居丈高な態度なんて取ってしまったのだろう。


その週末、聖子はいつもにも増してぼうっとして過ごした。夫が仕事関係のどなたかにチケットをもらったとかで、珍しくも聖子を都内の美術館で開催していたイタリアの絵本作家の展覧会に誘ってくれた。東京とは思えないのどかな里山的風景の中にある区立美術館のたたずまいとおしゃれな企画展を鑑賞したが、聖子はかなりうわの空だった。

夫はなぜだか楽しそうで一人しゃべりまくり、

「なんか、二人で外出するのも久しぶりだよね。こういうのも、たまにはいいよね。あのさ、母さんが、正月は未亡人仲間と温泉に行くって。いいね、あの人たち気楽で。三日に帰るから、それまで来なくていいって。友達にもらったシトロエンがあるんだけど、あんたたちいるかって言うから、びっくりしちゃってさ。いったいどこの誰が八十近いお婆さんにシトロエンくれるんだよ。うは。うははは。ははは」

と、自分の言ったことにウケて笑った。

当然気づいているだろうという表情で笑い続ける夫に愛想よく接しながらも、自分の失策のことばかり考えていた聖子は、結局その日の夜になるまで、姑がドイツのクリスマス菓子「シュトレン」をフランス製の車の名前で呼んでいることに気づかなかった。

第九章　情緒について

「そろそろ戻ってきてもらえると助かるんだけど、進み具合はどう？」

税理士の金原女史が「サポートステーション・ゆらゆら」に立ち寄ったのは、クリスマスも近い十二月のことだった。質問は、聖子に対してだったが、あきらかに丸川所長に聞こえるような音量だった。金原事務所から出向の形になっている聖子の身分は、いついつまで「ゆらゆら」にいますと明文化されたものではなくて、ほったらかしだった帳簿の整理がつき、新しい経理担当者が採用されるまでの期間となっていた。

「帳簿はだいたいなんとかなってきたので、年内には」

と答えながら、もし今月いっぱいでお役御免となったら、片瀬氏に挨拶する機会がないのではと、妙なことが気になった。もちろん、金原事務所と「サポートステーション・ゆらゆら」は同じ町内なのだから、たまに顔を出したっていいのだし、どのみち片瀬氏に挨拶するかしないかなんていうのは、ほんとうにどうでもいいことだ。そう、赤い縁の老眼鏡を鼻先に引っ掛けた聖子は思おうとしたが、片瀬氏にひどいことを言ってしまったという宙ぶらりんな気持ちが、いつまでも胸の底にわだかまっていた。

「頼むよ、まだ人が見つからないんだ。いますぐ宇藤さんを持って行かれちゃあなあ」

所長が素っ頓狂なトーンで割って入った。金原女史はキッとなって丸川所長を睨んだ。

「見つからないんじゃなくて、見つけてないんでしょ。宇藤さんに甘えちゃダメです。うちだって確定申告でこれから忙しいのよ。今日にも帰ってきて欲しいくらいだわよ。いままでだって、こうして宇藤さんに来てもらえてるのは、ひとえに彼女と私の善意からでしょ」

「憎たらしい言い方するね。我々の仕事は人の善意を信じなくちゃできないんだよ」

「信じるのとつけこむのとは違うでしょ」

旧知の仲らしい二人は、歯に衣着せぬ舌戦を始め、聖子は一言も言えずにおろおろした。

結局、帳簿の整理がついたら年明けから、一日のうち午前中の三時間を「サポートステーション・ゆらゆら」で、昼を挟んで午後の四時間を金原事務所で業務にあたるというワーキングシフトが設定され、丸川所長は一刻も早く経理担当者をリクルートして聖子の負担を減らすと約束させられた。

剛腕・金原女史は鼻息荒く引き揚げていったが、ハズレくじを引いたのは聖子だった。まことに申し訳ないと、丸川所長はひたすら頭を下げたが、事務所中が殺気立ってくる確定申告及び決算シーズンを迎える中で、個人の負担が増えることについては、聖子もおだやかな顔ばかりしていられない気持ちだった。

「年末年始のお休みは……」

聖子が口ごもると所長は弾かれたように身を起こし、

「暦通り、うちは暦通り。今年は二十六まで、二十六まで。年明けは五日から、五日から」

と、何かが壊れてしまったように数字を繰り返した。

金原女史のえらい剣幕を、ちょうど外回りから帰ったところで目撃して見送った高橋さんが、所長の言葉を聞いて、アレッと首をひねった。

「宇藤さん、炊き出し、やんないんですか？」

「いいよー。宇藤さんは。これ以上、わがまま言えないよー」

丸川所長が鼻先で手の平を左右に振った。

「いや、べつに、わがままじゃないから」

若い高橋さんはそう言って笑うと、バッグから資料を取り出してパソコンを立ち上げる。

聖子は長野に住んでいるボンゴに送ってもらったくるみゆべしを、

「みなさんでどうぞ」と言って机の角に置いて、高橋さんに訊ねた。

「炊き出しって？」

「わー、ごちそうさまです。炊き出しっていうのは、ええと、年末に家のない人のために公園とか集会所を借りて、うちで調達した食材を使って、食事を配るんです。僕ら、普段は食材を提供してくれるメーカーさん、小売店さん、農家さんなんかとの仕事が主だし、支援先も高齢者ホームとか施設関係ですけど、年末は、行政もお休みで、野宿の人がほんとに困っちゃうんで、各地で炊き出しをやるんですよ」

旨いっす、と言って、ゆべしを頬張りながら、高橋さんは快活に説明した。

「じゃ、年末年始はお休みなし？」

「違います、違います。そんな、ガチでやれないので、僕らはいつも大晦日に集合して、食事を配ったら解散して、家で除夜の鐘、聞いてます。夜中交代でパトロールする支援とかもありますけど、僕らはそっちはやってないです」

「そうなんだ」

「宇藤さんも行きましょうよ」

「だけど、急に言われたってさ、奥さんなんだからお節料理作ったりなんか、あるだろうよ」

丸川所長がなぜだか割って入る。

「行けそうだったら言ってください。人は多ければ多いほどいいんで。仕込みだけ参加とかも、ぜんぜん、ありっすから」

「そうなの」

「そうです、そうです」

この事務所の人は、繰り返すのが好きなのかもしれないと、聖子が考えていると、

「片瀬さんもふらーっと来て、ふらーっといなくなります」

怖い顔をしながら高橋さんが言うので、何か怒っているのかなと一瞬思ったのだが、言葉と表情に関連はなく、上あごにくっついたゆべしを舌先で取ろうと画策するうちに眉間に皺ができてしまったようだった。

「調整さんは、いつだってふらふらしてんだからさ」

丸川所長が、ちゃちゃを入れた。

「でも、毎年来ますよね。ねえ、早めに帰るのとか、ありですよね、所長？」

高橋さんが振り返り、所長はうなずく。

「自由参加ですから、お気軽に」

若い高橋さんがにっこり誘い、事務所に戻ってきた田中さんが、

「何の話？」

と、面白そうな顔をした。

「大晦日、ちょっと出かけようかと思ってるんだけど」

と声をかけると、夫の守はハイティーンの女の子みたいに長くのびる、

「えー？」

を発した。

「何、それ。嫌？」

「何しに」

「事務所の人たちが、炊き出しをやるっていうから、参加しようと

思って」

「なんだよ、炊き出し？　越冬闘争か？」

「エットー・トーソーって？」

『越冬つばめ』の越冬に、『我が闘争』の闘争だよ」

「石川さゆりとヒトラーって、意外な組み合わせね」

「森昌子だよ」

「どっちにしてもよ。何のこと？」

「年末年始って仕事がなくなるから、日雇労働している人とかは困るでしょ。そういう人たちを、ごはんを配って支援すること」

「うーん、うちの事務所の人が言ってたのと、少しニュアンスが違うけど、まあ、似てるかな」

「大学時代、ゼミの教授がそういう運動をやってる人で、単位が欲しければ越冬闘争に参加しろと言われてさ。二年の冬だったかな、行ったことがあるんだ」

「あ、マモさん、話をちょっと変えてる」

「どこを？」

「私、知ってるもん、その件。あなたがちっともゼミ発表をやらないので、教授が『このままだと単位は出せないぞ』って言ったんでしょ。そしたら『肉体労働で埋め合わせさせてください』みたいなこと、マモさんのほうからねじ込んだんじゃない」

「そうだったかな」

「そうだよ。私、憶えてるもん。当時は自慢してたじゃないの」

「自慢ってことはないけど」

「してた。ゼミ発表、一回、チャラにしてもらった、ラッキーだ、みたいなこと言ってた」

「バカだなー、なんだか自分が嫌になるね。どうして僕みたいな頓馬から勉強好きの息子が生まれたんだろう」

「それは、あれよ。名づけの勝利よ」

夫婦は同時に息子の勉のことを思い浮かべた。関西の大学院で論文作成に余念がないはずで、同じ志のトヨトミチカコとの同棲はいまも続いているようである。

「あいつ、正月は帰るんだろ」

「聞いてないけど」

正月くらいは帰ってきてほしいものである、と聖子は鼻をふくらませた。

息子が帰ってくるなら、好物の昆布巻きと豚の角煮くらいは作ってやろう。後はもう、買ったものをお重に彩りよく詰めるくらいでごまかしてしまって、大晦日には越冬つばめの炊き出しに行ってみよう。

聖子は勉にメールを書きかけて考えた。姑は結局いただきものの「シュトレン」（たしかに「シトロエン」と響きは似ているのである）を送って寄こし、お節の準備どころかすっかり冷蔵庫などは空にして正月の温泉旅行で盛り上がってくるのだと、いまからスーツケースを広げて楽しみにしているらしい。つまり、勉がもし帰省しないようなら、夫婦二人のぼんやりした正月になってしまう。初詣も福袋も嫌いな守は、家でひたすらごろごろするのだろうし、週末が間延びしたみたいな新年を中年夫婦だけで過ごすのなら、年末に若い同僚たちと意義あるボランティアをしたほうがいいと思えてきた。

それ以上に、炊き出しの日は毎年顔を出すという片瀬氏に年内に会っておきたいという気持ちが聖子の胸を支配した。少なくとも、ちょっと言い過ぎてばつの悪い思いが続いているということだけは、除夜の鐘の前に吐き出してしまいたい気がしたのだ。

手の中の携帯がブルルと振動した。たったいま送ったメールに勉が返信をくれたのだ。

「帰る。ローストビーフ希望」

何よ、角煮じゃないの？　高いじゃないの。

そう脳内独白を終えるか終えないかの間に、二度目の電子音が鳴り、「『肉の花笠』で塊買うと安い。捌《さば》いて余った部位は冷凍して、帰省のときにもらって帰る」

と、あった。

あの、どてっとした女の子といっしょに暮らすようになってから、息子がだんだん所帯じみてくる。

ふっと小さな溜息をついて携帯を閉じる。夫はソファで得意の姿勢で寝ている。

息子が家を出て女性と暮らし始め、自分と夫は五十歳を迎えた。成り行きで、フルタイムで働くようになった。決定的に変わったというほどではないのだけれど、以前と違う生活を聖子は送っている。

三十代で母を亡くしたときの喪失感が、いまだに胸に穴を開けたままであることに比べれば、たかだか年齢が五十の大台にのっただけの変化にも思える。けれど、寒い日に身体の節々が痛くなったり、シャンプーをいくつ変えても髪型が決まらなくなったりという老いの兆候はやはり顕著で、どうしたってこれまでとこれからは違うのだと意識させられる。

ふいに、死んでしまった久世佑太の遺影を思い出した。中学生のころしか知らない久世佑太が、どちらかといえば彼の父親に似た風貌で収まっていた、あの遺影。訃報を聞いたときは、早く逝きすぎたように思ったけれど、人の彼岸への旅立ちが、身近に感じられる年齢に達していることに、あらためて聖子は静かに驚いた。

翌日、聖子は「ゆらゆら」に出かけて行って、外出前の高橋さんと田中さんに、年末の炊き出しには参加するつもりだと明言した。

「ごはんの作れる人は大歓迎です～」

田中さんがかわいい声を出した。

「何時にどこに行けばいいんですか？」

「ボランティアさんとか、みんなでここに集合して行きまーす」

「時間がはっきりしたらお知らせしますね～」

田中さんと高橋さんはキャンプにでも行くように楽しげに言い、外回りの仕事に出かけて行った。室岡さんはしばらく自分の机に張りついて事務処理に専念していたが、午後になってアポイントメントがあるとかで外出した。

三時過ぎになると、丸川所長は決まって立ち上がって、自分と聖子にお茶を淹れてくれる。はじめのうちは聖子も気を遣って、自分が淹れようとタイミングを計っていたのだけれど、習慣で給湯室に行く所長に先を越されてばかりいるうち、あきらめてありがたく淹れていただくことにした。

「お茶が入りましたよ」

声をかけられて席を立ち、狭い共有デスクで所長と向かい合うと、いきなり聖子の口から思いがけない言葉が飛び出した。つまり、自分でもそんなことを言うとは思っていなかったのだ。

「片瀬さんの過去って、どうして聞いちゃいけないんですか？」

言ってから聖子は自分の目が大きく広がるのを感じた。あれま、変なこと言ってるよと、自分でつっこみを入れたくなったのである。

「えええ？　唐突にどうしました？　聞いちゃいけないなんて、私、言いましたかね」

「言いましたよ。だけど、知らないと余計な想像して、かえって失礼なこと言いそうになるんですよ」

聖子は一気にそれだけ言うと、目をつむって、お茶をぐいと飲んだ。

「失礼なことを？」

丸川所長は不思議そうな顔をして訊ねた。聖子は溜まっていたものを吐き出した。

「所長が、あの人はあの人なりの妙な正義でもって、お金を使わず生きているんだって、そうおっしゃったので、私、わけのわからない正義はやめてください、みたいなことを、言っちゃったんですよね」

「ほう。それのどこが失礼なんですかね。私はそんなこと、しょっちゅう言ってますよ」

「それに、あんなに痩せちゃってるのに、病院に行かないって言うから、そのことでも私、文句言っちゃったんですよね」

「むしろ親切を感じますがね」

「親切じゃないです。いらいらしたんです」

「ほう」

所長の目は嬉しそうに細くなった。

「なんですか、その目は」

「いやいや。あのねえ、じつは私、先週の土曜日に用があって事務所に来たんだけども、そしたら調整さんが通りかかってね」

「通りかかる？」

「うん。事務所の前をね。何しに来たんだって聞いたら、通りかかっただけだとか言うんだけどねえ。唐突にこう聞くんだよ。経理をやっている宇藤さんはアレなのかな、ジャズが好きなのかなって。そんなこと、私、知らないからね。知らねって答えたんだけども。ね」

「なんですか、『ね』って」

「あなたがた二人はアレかね。気が合うのかね」

「そうじゃなくて、あれだけ痩せれば心配になるでしょう、誰だって」

「だけども、この事務所で心配しているの、宇藤さんだけだからね」

「え？　そうなんですか？」

「気づかないもの。痩せたかどうかなんて」

丸川所長の言葉を耳にして聖子は愕然とする。あれだけ見事に痩せた男を目にして、気づかないということがあろうか。

「『情と哀れは種一つ』と言うからねえ」

「なんですか、それ」

「ほら、『三四郎』にも出てきた」

途中まで言いかけてから、丸川所長はさすがに何か違うと思ったのか、あるいは不謹慎だと思ったのか、お茶を濁しておしまいにした。

その夜、家に帰って夕食を済ませた後に、本好きの夫に『三四郎』

に出てくる「情と哀れは種一つ」とは何か、と聖子は聞いてみた。

「あれじゃないの？　ピチーズ・アキン・ツー・ラッブじゃないの？」

と、ソファに寝転がった守は答えた。

「三四郎の友達の与次郎が、『かあいそうだたほれたってことよ』と訳すんだよ。同情は愛に類似する、というような意味」

「ふうん」

「なんでそれが知りたかったの？」

「今日、所長が言ってたんだけど、意味がわかんなかったから」

聖子は所長の妙な目つきを思い出して、じつはちょっと不愉快になったのだった。夫はそんなことには気づかずに、勝手に自分のしたい話を始めた。

「情と言えば、例の『女性に関する十二章』の、〈情緒について〉っていう章。あれはけっこう、本質をついているよね。バカバカしい恋愛エッセイに見せかけておきながら、ただのオッサン随筆と侮《あなど》れない部分がある」

むっくりと起き上がって、守は言った。ようするに、聖子の話にたいして関心はないのだ。

「日本人が西欧型の近代主義と対峙すると、必ず情緒でひっかかっちゃう。つまり、前にきみが指摘してた、イエス・キリスト型か孔子様型かってところだけど」

「ああ、〈自分のエゴも他人のエゴも肯定する〉キリスト型の愛と、

〈他人のために自分のエゴを否定する〉孔子様型の愛って話？」

「〈他人のために自分のエゴを否定する〉という孔子様型の愛は、自己犠牲を称揚する日本的な情緒とつながるわけだな。言ってみれば、演歌調の情緒っていうか」

「着てはもらえぬセーターを寒さこらえて編むみたいな？」

「演歌や浪花節の情緒はだいたいそうだよね。女が男を立てる。子供が親を立てる。子分が親分を立てる。こういう、日本人の情緒に沁み込んじゃってる自己犠牲的愛は、一見美しいんだけど、基本的に夫を敬え、親を敬え、国家を敬え、自分のことは犠牲にして敬えという考え方なわけだろ。これを突き詰めちゃったのが、太平洋戦争を支えた精神構造なわけで、突き詰めるとマズい方向へ行くくって、この作家、何度も書いてる」

「男の浮気願望がどうとか、女にも浮気する権利ができたとか、そういう話ばっかりな気がしてたけど」

「僕も勘違いしててさ、セクハラ、パワハラめいたエッセイ集だと思ってたんだけど、作家がほんとうに書きたかったのはここじゃないかなっていまは思ってる」

「どこ？」

「これが書かれた一九五四年っていうのは、まだ戦争の記憶が生々しい時代でしょう。だから、二度とああいう状態になっちゃいけない、自己犠牲が特攻隊まで生んで、あたら十代の若者をお国のためにとむざむざ死なせたような状態になりたくないという必死さがあるわけだよね」

「あぁ、そうね。『お国のために』は、二度とごめんだよ、と。そこが、作家の書きたかったことだと？」

「そうだと思うんだ。じつは、この年は自衛隊発足の年なんだよね。歴史的には終戦があって、アメリカ主導で日本の民主主義化がなされて、戦争を支え遂行した日本的情緒も抑圧されていたんだけれども、アメリカが日本を共産主義の防波堤にしようって決めたあたりから『逆コース』と呼ばれる動きがあって、またまたこれもアメリカ主導で再軍備が進む。一九五四年は、ある意味その『逆コース』の終着点みたいな年なんだよ」

「ええと、こんがらがってきたわ、マモさん。『逆コース』と日本的情緒になんの関係があるの？」

「だからね、整理すると、戦後、日本の非軍事化と民主化を最大目標に定めていたアメリカの政策が、『逆』、つまり『再軍事化』を進める方向に逆転したのが『逆コース』ってことだよね。非軍事化から、再軍事化へ。すると同時に民主化のほうも、抑えられる形になっていくわけ。労働運動が規制されたりさ」

「そんなことまで、この作家、書きたかったのかなー。それにしては恋愛についてとか、愛と結婚とかばっかり、書いてる気がするけど」

「いや、九章の〈情緒について〉は、あきらかにそのことを書いている」

「なるほどね」

「数年前に鳴りもの入りで導入された非軍事化と民主化を、逆向きに路線変更するにはね、それよりもっと前の、日本人の情緒に沁み込んだ考え方を引っ張り出してくる必要があったんだろう。そこで、『逆コース』にともなってひどくだいじにされ始めたのが、数年間抑圧されていた日本的情緒だった。それを、この作家はすごく警戒したわけさ」

「日本的情緒って、さっき言った、女が男を立てるとか、子供が親を立てるとかっていう心情のこと？」

「そう。つまり、この作家が言いたかったのはね、いつだって日本で『軍事化』が進められるときには、日本的情緒が引っ張り出されるってことだと思うんだよ」

「日本的情緒が引っ張り出される？」

「民主主義の根幹にあるのは、個人をだいじにしようっていう考え方でしょう。一人の人を、その人がほんとに幸せだと思えるような状態にしよう、少なくともそういう方向を目指そうっていうのが、民主主義なんだよね。だけど、日本では個人をだいじにしようとするとワガママって非難されるような雰囲気があるでしょう。つまり、それが日本的情緒だよね」

「個人をだいじにしようとすると非難される？」

「日本ってさ、みんなと違うことをしてる人を見ると非難する傾向があるじゃない。みんな横並びで同じがいいみたいな。だけど、本来、人というのは千差万別なものだよ。それを不自然に押さえつけるから、みんなと違うことをして堂々としてる人を見ると、自分の存在がちっぽけに思えて、文句つけたくなるんだ。それも日本的情緒だと僕は思う」

「じゃあ、その作家は、ワガママでいいって書いてるの？」

夫の雄弁を半ばうっとうしく聞いていた聖子は、俄然《がぜん》興味を持って守の顔を見つめた。

「うん。いや、その言葉を使って書いてはいないけど、こう書いてる。『我慾の調和ある生かし方を否定したら、モトノモクアミです』『我慾は、殺すべきでなく、他人の我慾と調和させ、妥当に組み合わせて生かすべきものです』とね」

「我慾っていうのは、ワガママってこと？」

「個人が、自分らしい幸福を追求する権利ってことだろうね、この場合。人は、一人ひとりみんな違う。それぞれの幸福の形がある。すべての人に、何か決まった形を押し付けるべきではないし、他の人の幸福を奪わない限りにおいては、できる限り尊重して生かしあっていくのがいい。それが、民主主義っていうものの考え方なんだと、この作家は噛み砕いて説明しようとしたんだろう」

「じゃ、『我慾の調和ある生かし方を否定する』ってのは、どういう意味？」

「『お国のために』、自分らしい幸福なんか考えるのをやめなさいってこと」

「モトノモクアミとは？」

「個人を捨てさせる社会は、最終的には『一億玉砕』なんてことを言い出すわけでしょう。つまり、個人をだいじにしない社会は、個人に無用な犠牲を強《し》いて、結果として社会全体を破たんさせてしまう、モトノモクアミだと、この作家は考えたんだよ」

ふむ。

聖子はちょっと頭を整理するために黙った。

たとえば、自分らしい幸福の追求とは、小次郎くんのパートナー選択みたいなことなのだわね。そうだとすれば、たしかに、他人がとやかく言う問題じゃないわね。

守は守で、とうとうと続ける。

「日本で『軍事化』が取りざたされるときには、必ずこの、日本的情緒がセットになってやってくる。ワガママは抑えろ、大義のためには自分を犠牲にしろ、権利より義務を尊べっていう声が、どこからともなく日本人の情緒に訴えかけてくる。なんだか、昔の話には思えない。最近、よく聞くような声だよ。ひょっとしたら軍事力そのものよりも、軍事力が日本的情緒とセットになることこそが危険で厄介なんじゃないかって、すごく思うよ、これ読んでると」

ふーん、と聖子は鼻から嘆息を漏らした。守は続ける。

「この六十年前のベストセラー作家は必死で、一所懸命、読者に訴えたんだよ。情緒に流されたら危険だって。ユーモアに包んだ、軽妙でちゃらんぽらんにすら見えるエッセイの中で。きっと、戦時中にはまっとうな声を上げられなかった知識人の一人として、どうしてもやらなきゃって思ったんだと思うよ」
珍しく熱弁をふるう守の隣で、何か重要なことがわかりかけたような、わかりかけたが取り逃がしたような、中途半端な感覚が聖子の胸に残った。

年末はさほど忙しくもなかった。年賀状を書き終えて、家じゅうの「大」でもない掃除を済ませると、むしろのんびりした気持ちになって、昆布巻きの他に栗きんとんを作り、黒豆も煮てしまった。ローストビーフなんてものは、ただ焼けばいい大ざっぱな料理なので、「肉の花笠」で買った塊肉を香味野菜といっしょにワインに漬け込んで仕込みを済ませると、聖子は夫を家に置いて「サポートステーション・

ゆらゆら」に出かけた。もちろん、この日は戸外で過ごす時間が長いと聞いていたから、以前にかかっていた鍼《はり》治療の女性鍼灸《しんきゅう》師に教えてもらった万全の冷え対策で臨んでいる。温めるべきなのは、まずは腰、仙骨のあたり、それから背中、肩甲骨の間、そしてそれでも心配なときは両足の内くるぶし。腰と肩はインナーの上に大きめの、くるぶしには靴下の上から小さめの使い捨てカイロを貼り付けてパンツの裾で隠す。

午前十時半に待っていたのは丸川所長以下、営業スタッフの三名だけではなく、ボランティアで関わっている人たちも合わせて総勢十二名ほどだった。事務所の前にハイエースが停まっていたので、それに乗るのかと思いきや、その大きな車は食材が積んであるとのことで、高橋さんと田中さんとボランティア三名を乗せて先発し、後の七名は所長の先導のもと、私鉄とＪＲを乗り継いで目的地に向かった。

調理の場所は、食事を配布する公園と道一つ隔てたところにある教会の駐車場スペースで、ボランティアスタッフが慣れた手つきで調理台を設営して大きな鍋を運んできた。現地集合したボランティアも加わって、全部で二十名ほどになっていた。

メニューはおにぎりと豚汁だったが、巨大な鍋を扱ったことなどない聖子は、とにかく後方部隊としてひたすら野菜を細かくする作業に没頭した。人参とじゃがいもとごぼうは、とにかくきれいに洗うことで皮むきをスルーする方針が立てられた。玉ねぎばかりはそのまま鍋にぶちこむわけにいかず、みんなで百個はあるかという丸い玉の皮をむいた。マスクと薄いビニール手袋が支給された他に、若いスタッフたちが、当然のようにゴーグルを取り出したのが印象的だった。さすがにこれだけの数の玉ねぎを扱うには、涙対策が必要だったかと聖子はうろたえたが、高橋さんがやってきて、

「僕、飯炊きのほうをやってるんで、使ってください」

と愛想よく差し出したのを受け取って、生まれて初めてゴーグルをつけて包丁を握る。

大量の野菜をこれでもかと刻んでプラスチックのケースに放り込むと、煮込み部隊がそれを火のある方へ持って行った。ぜったいに「肉の花笠」で仕入れたと思われる極端に大きな豚肉の塊も、格闘するようにして細かくした。塊肉というのは、丸ごと焼いたり煮たりする場

合、問題になるのは鍋の大きさくらいだが、これを一口サイズに切り刻もうと思ったら、えらい労力だわと、今朝仕込みをしたローストビーフを思い出して聖子は考えた。

豚汁の準備が終わると、みんなで休憩して弁当を食べた。片瀬氏の姿は見えなかったが、公園でテントの設営作業をしている人に交じっているのかもしれない、と聖子は思い、ペットボトルのお茶を啜りながら、こっそり考えた。

あれよね。姿を見たほうが安心よね。ぶっ倒れてないってことがわかるから。

休憩を挟んで、こんどは大釜に炊きあげられた、たいへんな量のご飯がやってきた。具は入れず、ぽんぽんと塩結びを握っていく作業が始まった。形よくリズミカルに握り飯を作っていくのはなかなか楽しかった。

「宇藤さん、はやーい」

と、田中さんがかわいい声を上げた。

気をよくして次から次へと握り飯を作る聖子ではあったが、赤ん坊が湯あみできそうな大きさの釜に炊きあげられたご飯が、これまた次々と運ばれてくるので、最後はなんだか自分が飯丸めマシンになったような気がしてきた。途中、コーヒーとクッキーをつまんだりしながらすべての作業を終えたときは、時計は五時を回ろうとしていて、公園には夕暮れが迫っていた。

力持ちの男性陣が寸胴鍋に入った豚汁と容器に並んだ大量のおにぎ

りを車に積んで、公園内の配膳所に運ぶ。残りのスタッフは、徒歩で道路を渡り、公園の中央付近にある広場へ歩いて行った。

配膳所のテントに近づくと、音楽が聞こえてきた。ピアノの音だった。

知っている曲ではなかったが、それは瞬時に聖子の心をとらえた。ゆったりしたテンポ、美しいメロディラインと和音、どこかせつなくなるような繰り返し。曲が終わるとそこに居合わせた人々から拍手が起こり、楽器に向かってうつむいている人物に何か声をかけているようだった。聖子はその演奏者に目を留めて、はっとした。

ステンカラーコートを着込んだその人物は、リクエストに応じてさらに二曲ほど演奏した。炊き出しの開始時刻は午後六時からになっており、人は少しずつ増えていた。プラスチックのボウルや箸などの準備が進む中、人だかりとわいわいした声は大きくなった。

そこに集まったのは、おおむね聖子と同世代か、やや上と思われる中高年の男性たちだった。中には三十代くらいのもいたかもしれない。ほとんどが、紺色や黒、カーキ色、ベージュなどの、綿素材やナイロン製のジャケットやジャンパーを着込んでいた。およそ、楽器を演奏しそうな人びとには見えなかった。しかし、最初にピアノを弾いたステンカラーコートの片瀬氏が立ち上がって席を譲ると、別の中年男がそこに座って演奏を披露した。そちらの人物はもう少しテンポの速い曲を弾いた。片瀬氏は人ごみに交じって、満足そうに演奏を聞いていた。

「調整しちゃったみたいですよ」

聖子の肩越しで、高橋さんが解説した。

「調整？」

「あれ、壊れてて、さっき駐車場を貸してもらった教会の裏に、粗大ゴミのシール貼って置いてあったんです。それを見つけて、何をどうやったのか知らないけど、直しちゃったらしい。それで、捨ててあるんだから、使っちゃえって、みんなで面白がって運んじゃったんです。暖房用に発電機持ってきてるから電気もあるし」

「電気？」

「ほら、あれ、電子ピアノでしょ」

「ああ、そうね。ちっちゃいものね」

高橋さんと話しているところへ、お盆に豚汁とおにぎりを載せた田中さんが割り込んできた。

「持ってきましたよー」

「え？　私たちも？」

「だいじょうぶです。私たちの分も計算して作ってます。せっかく作ったんだから、食べましょうよ。めちゃくちゃいい匂いさせてるし。ここ、寒いし」

気がつくと炊き出しの列には、すでにずいぶんな人数が並んでいた。五つの寸胴鍋に、それぞれ三、四十人ほどもいただろうか。目を凝らして探すと、列の中に片瀬氏はいた。二番目にピアノを弾いた人物と、話し込みながら並んでいて、ときおり笑顔を見せていた。

事務所ではただの変なおじさんにしか見えなかった片瀬氏、拾ったお金でおしるこを買うことを楽しみに生きている不可思議な人物でしかなかった片瀬氏は、ひょっとすると自分よりずっと豊かな世界を持った人なのかもしれないという気がしてきた。

少なくとも、ピアノが弾けるし。

おにぎりは一人二個が割り当てだったが、聖子は一つで十分だと思ったので、配膳所に一個返しに行った。そのまま、高橋・田中カップルのもとへは戻らずに、片瀬氏を目で探した。あと数時間で新年が来るのであり、今年のうちに今年のヘマを清算したいなら、急いだほうがいい、という経理担当者的な発想が頭を占めていた。

園内の植え込み近くの縁石に、片瀬氏は腰を下ろしていた。目が合うと、驚いたような照れくさそうな顔をした。聖子は小さく会釈して近寄って行った。

片瀬氏はあわてて立ち上がろうとしたが、それよりもいいことを思いついたとばかりに、豚汁セットを脇に置いて自由になった手で、ステンカラーコートの下から新聞紙を取り出した。どうも防寒用に身体に巻いていたものらしかった。

氏はそれを自分の隣の縁石の上に広げ、聖子のための座席を用意してくれたようだった。一瞬考えたが、ありがたく腰を下ろすことにした。いまのいままで胴体に巻きつけられていた新聞紙は、少しまだ暖かかった。

「このあいだはすみません。病み上がりでおつらかったでしょうに、腹が立つとか、ワガママとか、はた迷惑とか、次から次へと失礼なことを言ってしまって」

一気に吐き出すと、ここ数週間の懸案事項が胸から出て行ったので、聖子は手を広げて、ハァーッと大きく深呼吸した。

第十章　生命の意識

「失礼なんて、こっちこそ。人に心配してもらうなんてもう何年もないことだったので、面食らってしまって」

細長い目をさらに細くして、片瀬氏は言った。聖子はちょっと怒ったように続けた。

「心配なんていう立派なものじゃないんです。私の中の、日本的情緒が邪魔して、片瀬さんみたいな変わった人の生き方を認めたくなかったんだと思います」

「日本的情緒？」

片瀬氏は面白そうに口をすぼめた。

「そう。みんなと違うことをして堂々としてる人を見ると、自分の存在がちっぽけに思えて、文句つけたくなるんです、きっと」

聞いていた片瀬氏は笑い出し、

「僕はどこも堂々としてないし、病気やケガをしてる人間に医者に行けって言うのは、情緒的じゃないですよ。至極、論理的な発想ですよ」

と言った。

片瀬氏は、屈託なく笑い続けた。聖子自身もばかばかしくなっていっしょに笑った。

「ピアノが弾けるなんて、すごい。うらやましいです」

「いやあ、あれは」

口ごもる片瀬氏にかぶせて聖子は続けた。

「私も子供のとき習ったけど、ぜんぜん練習しなくてものになりませんでした。何やってもそう。何もかもが中途半端でいい加減。そんなこんなで半世紀生きちゃった。ときどきギョッとするんです。なんにも知らない、なんにもできないまま、お婆さんになっちゃうよって」

片瀬氏は困ったような面白がるような表情で、豚汁を口に含み、飲み下すと話し始めた。

「子供のころは福岡の海辺の街に住んでましてね。両親と十二も歳の離れた姉と四人暮らしで。ピアノは親戚だかどっかから姉にと譲り受けたものだったらしいですが、先生について習ったのは一年くらいで、あとは好きなように勝手に弾いて覚えたんです」

片瀬氏は、肉が落ちて角ばった顎をこころもち上げた。

「片瀬さん、おいくつですか？」

「来年五十九になります。再来年は還暦です。福岡に住んでいたのは十六までで、父親の仕事の関係で関東へ。そのころはもう姉も家を出ていたので、両親と三人で東京郊外の団地に引っ越したんです」

「私も三歳から団地育ちです。もとは陸軍の施設だったって場所を宅地造成した場所で」

「あれ。僕の住んでいたところも、元陸軍被服廠《ひふくしょう》って話だったな」

「都内ですか」

「都内じゃないけど、隣県。陸軍被服廠は、あたり一帯にまたがってたみたいですね。一時は米軍が接収して、ジャクソン・ハイツって呼んでいたのを、返還になったとかで団地作って」

「すごく近いかも。私が住んだのは一応都内ですが、氷川原団地というんです」

「なんと。うちは、東郷野団地」

「東郷野だと、ジャクソン・ハイツを挟んだ向こう側ですね」

「氷川原団地か。すごいな、それは。ジャクソン・ハイツは懐かしいね」

「私はあそこが返還になった年、ピンクやレモンイエローや空色の米軍住宅が全部焼き払われたのを憶えているんです」

「ああ、それ、憶えてますよ。ちょうど引っ越した年だ。そうそう、火を放ったんだよな」

「昭和四十九年ですね。ご近所で暮らしてたなんてびっくり。最寄り駅は高倉でしょう？」

「高倉」

「駅前に、ヴィラ赤光っていう、ぱっとしない喫茶店があって」

「意外に、カツサンドが旨いんだ」

「パンが焼いてあるのね」

「あれが香ばしくて旨かった」

「高倉駅からバスが出てて、氷川神社で降りるんです」

「氷川神社？　行った。行ったなあ。幹線道路の角でしょ。それこそ初めて女の子を誘って」

「高校の同級生かなんかを？」

「訛りが気になってなかなか声かけられなかったんだけど。高三の夏だったな」

　氷川神社のお祭には毎年行った。浴衣を着せられて百円玉を握って出かけて、綿菓子やヨーヨーを買って帰って来る。そして唐突に、聖子は思い出した。昭和四十九年の夏の氷川神社の祭には、久世佑太と二人で行ったのだった。

　とすると、あの夏、聖子と久世佑太は、高校生の片瀬氏と同級生の女の子にすれ違っていたのかもしれない。聖子と高校生の片瀬氏は、それぞれ別の相手の手を握って、人ごみの中を少しぶつかったりしたかもしれない。

あの時はもちろん浴衣なんか着ないで、佑太と同じようなTシャツとジーンズで、佑太は金魚掬《すく》いがうまかったから、その年は佑太がいなくなっても、赤い小さな金魚が二匹、玄関の金魚鉢に残されたんだった。冬を越さずに、二匹とも死んでしまって、団地のベランダの下にお墓を作ったことも思い出した。

「ジャクソン・ハイツもずいぶん前に、公園とか、どこだかの大学のキャンパスなんかに変わったって聞いたけど」

片瀬氏はそう言って、おにぎりを頬張った。

「片瀬さんは、ご両親はまだ東郷野に？」

「いや、両親はずいぶん前に死んじゃって」

「そうですか。うちは、母があそこに住んでたんですが、十二年前に亡くなりました」

「お母さんは長いことお一人で？」

「うん。母はずっと一人です」

そう言ってから、聖子はずいぶん久しぶりに父親のことを思い出した。子供のころの思い出の中にも、そう多くは登場しない父の面影を、なぜ懐かしく思い出したのか、聖子は少し不思議だった。

「父は私が六歳のときに、病死してるんです。公団が当たって、親子三人で引っ越して、楽しく暮らし始めて三年しかいっしょにいなかった」

「そんなに早くに」

「父の思い出もなくはないんです。高倉の駅前に、映画館あったでしょ」

「北口のところね。ボウリング場の脇」

「あそこに、『男はつらいよ』がかかったんです」

「ああ、覚えてますよ。かかってたなあ」

「一作目が、昭和四十四年なんです。私が五歳の夏で。一家三人で出かけたの。父は気に入ったらしくて、それから欠かさず観に行きました」

「毎年？」

「あのね、最初のころはすごいですよ。わずか二年の間に、五本、かかったんです」

「五本？」

「そう。最初が八月でしょ。それから、秋、翌年のお正月、それから春、そしてまた夏って、二年で五回です」

「それ、ほんと？」

「うん。だって、行ったもの。家族で出かけて、帰りにヴィラ赤光でカツサンド食べるの。クリームソーダと」

「そりゃ最高だ」

「そう。私、それが好きで好きで、早く次の『男はつらいよ』が来ないかなって待ってた」

「渋い女の子だなあ」

「四作目までは、いっしょに行けたんですよ。四十五年の二月。でも、五月にクモ膜下で倒れて。夏に公開された五作目はダメだったんです」

「そうでしたか」

「それからあとは、儀式みたいに盆暮れ、盆暮れって、母と二人で行ってましたけど、思春期になると私は行かなくなっちゃって、母は律儀に四十八作目まで、あの高倉の映画館で観てました。だから、たまに、テレビで『男はつらいよ』やってると、ふぅっと懐かしくて、つい観ちゃう。どう言ったらいいんだろう、渥美清さんの顔って、なんだか安心するんです。ものすごくよく知ってる人みたいで」

片瀬氏はそれを聞くと感慨深げに黙って、冬の公園を照らす街灯のほうに心もち顔を上げ、何か考えるような目をした。

「年取るのもやっかいですね。この世にはもういない人たちが、自分の心の中にだけ増えて行くから」

自分がひどく饒舌《じょうぜつ》になっていることに気づかないわけではなかったが、大晦日に知り合いでもなんでもない大勢の人たちといっしょにいるこの状況だって、いつもとはまったく違うのだからと、妙なところに気をゆるして聖子はつづけた。

「三十八のときに母を亡くしたんですが、いまでもふとした瞬間に、どうしようもなく辛くなります。母一人子一人だったから、すごく仲がよかったんです。父がいないぶん、いっしょに闘ってる同士という感じもあって。雑誌の編集者をしていた、当時としてはさばけた人で、なんでも話せたんですよ。定年過ぎてもなんだかんだ仕事見つけて、働くのが好きだった。ただ、私が結婚してからは、なかなか二人でいる時間も取れなくて。娘が近くにいなくても平気だって言ってた母は、ある日、前触れもなく一人で逝っちゃったんです。一人きりで、あの公団住宅で。もっといっしょにいる時間を作ればよかった。三十代は子育て真っ盛りで、それ以外のことは、かまってられなかった。まめに手伝いに来てくれる義理の母のほうが、頼りがいがあると思ったりもして。でも、母を亡くしてから、ふぅーっとときどき、足元の砂が崩れちゃうような心もとなさが迫ってくるときがあるんです。もう、自分の子供のころを知ってる人なんか、誰もいないと思うと」

しゃべりすぎたような気がして黙ると、隣の片瀬氏は優しい表情で、こっくりこっくりうなずいている。二人の間に沈黙が流れても、意外に気まずくはなかった。しばらくして、片瀬氏は、また口を開いた。

「高校も地元？」

「そう。弘和高校の三期生」

「ああ、新設校だ」

「片瀬さんは、県立？」

「栗高」

「優秀なんだ。ピアノも弾くし」

「いや、栗高はそんなに優秀じゃなくても入れる。けど、考えてみると、あのころは一般的な目から見れば人生の頂点かもしれません」

他人事のように片瀬氏は言い、目を細めて豚汁を啜った。

隣町に住んでいたとはなんともびっくりするような偶然だったが、少しばかりむさくるしい雰囲気もある「調整さん」が、そんなに苦手ではないのも、リラックスしていろいろ話してしまったのも、似たような所で育った者同士の気楽さを感じ取ってのことなのかもしれないと、聖子は思い当たった。

それから片瀬氏はひゅっと息を吸って、淡々と語り出した。聖子は相槌を打ちながら聞いていた。聞きだそうとしたわけでもなかったし、相手もしゃべりにくそうではなく、高校は県立校かという質問と同じくらいするすると、ためらいもなく片瀬氏は話し続けた。

高校を卒業すると、とくに迷いもなく都内の私立大学に入学した。

専攻は工学科だったが、四年間の、それなりに楽しい大学生活の多くの時間は、アルバイトと、所属した音楽サークルで費やされた。卒業後には、ソフトウェア開発会社にシステムエンジニアとして就職した。仕事はキッかったが報酬は悪くなかった。職場で知り合った女性と五年後に結婚した。「幸か不幸か」子供はできなかった。

数年して、親しくしていた同僚との間で独立話が持ち上がった。世の中は景気がよかったし、コンピュータ業界は中でも威勢がよく、独立や起業はよくあることで、むしろ外に出て行かないほうがおかしいという社風もあった。

独立して何年かは忙しかったが、仕事はまわっていた。おかしくなったのは事業に陰りが見えて、相方が別方向に手を出し始めてからだった。増資が必要とは聞かされていたが、気がつくと負債額がたいへんな数字になっていた。自分は技術屋だからと、経営を任せていたのが災いした。業績は悪化の一途をたどり、銀行に融資を断られる事態になって、不渡りを出した。会社を潰し、法人登記も抹消して、会社のものも自分のものも、あらゆる資産を売却して債務処理にあて、最終的には自己破産を選択した。無一文になった。

なんとか会社を存続させようと必死になったところ、その場しのぎにと街金にも手を出してしまい、家ばかりか妻の甥の職場にまで電話やファクスが来るような取り立てが続いて、結婚生活も破たんした。妻は家を出て行き、判を押した離婚届が送られてきたという。

「何年か経って、再婚したって聞いたんで、よかったなと思ってね。

悔しいよりは、ほっとしたような感じもある」

聖子は黙ったまま話を聞いていたが、手を伸ばして片瀬氏の背中を柔らかく叩いた。片瀬氏の背が一瞬緊張し、自分の行動に少しだけ聖子はびっくりしたが、手をひっこめる前にもう一度その動作を繰り返した。こんどは背中がゆるんだ気がした。

「ダンボール暮らしをしてたのは、破産した直後です。自宅も売ったから。仕事もなかったし、貯金もないからね」

「片瀬さんみたいに器用な人なら、仕事はあるんじゃないですか？」

「ない、五十過ぎの中年男には。なんにもない。信用もないしね」

「なんでも屋さんみたいなの、できそう」

「もう、起業はこりごりですよ」

「それで、お金を使わない生活を？」

「一人だから、そこらで寝ようが、物を食わなかろうが、かまわないわけだから。一時はもう、生きてるのもどうなのかというほど追いつめられたけど、どうせ一人なら、金無しでどこまでいけるか、ちょっとやってみようと」

「じゃあ、ちょっと、あれですか？　ポジティブな感じ？」

「うーん、だけどやっぱり、家がないというのはキツい。それで、所長さんに紹介してもらったいまのアパートに入ったわけだけど、金を使わないっていうのは、やってみてるんですよ」

「じゃあ、いまお仕事は？」

「日払いの仕事をやればいくばくかの金にはなるけど、いまはあまり」

「所長さんも、頼ってるんだから、お金払えばいいのにね」

「僕がもらう気がないんです。ほら、金無しでっていうのに挑戦してるから。一切合財、金無しで生きてるようなのがアメリカなんかにはいるらしい。それ、真似してやってみようと思ったけど、できなくてね。それに僕は、インチキなんですよ」

「インチキ？」

「ダンボール生活から抜けたのは、金ができたからでね。十二歳年上の姉が死んだんです。結婚もしないで一生職業婦人で、生命保険に入ってた。母親の葬式以来、三十年近く会ってないんです。ひどい弟でしょう。妻の甥の会社にまで取り立てが行ったくらいだから、姉のところに行かないわけがないんだ。そういうことすら考える余裕がなくて、心配させたまま逝かせた。だから、遺してくれた金が使えない。いまの目標は、なるたけそれを使わず死ぬことなんです。遺して、所長にでも頼んでうまく使ってもらおうと思ってね」

聖子は丸川所長が、片瀬氏の生活について「おそらくなんらか金があるんだろうな」と言っていたことを思い出した。

「ところで聖子さんはジャズが好きなんですか」

片瀬氏は重苦しい話はしまいだとばかり、空になったプラスチックのボウルを脇に置いて両手に息を吹きかけた。

聖子は首を横に数回振った。

「嫌いってわけじゃないけど、まったく詳しくないです。自分で聴いてたのは、ユーミンとか竹内まりやとか、山下達郎とか、大瀧詠一とか、そういう感じ。八〇年代が青春だから」

「大瀧詠一、昨日が命日ですね」

「あ、そうでした？」

聖子がそう答えると、片瀬氏は立ち上がって服についた土を払い、聖子の腕を取って立たせた。

「せっかくだから、もう一回だけ」

彼は早足で歩き始め、もうあまり人が集まらなくなった電子ピアノの前まで行くと、椅子に腰をかけた。聖子はすぐ脇の街灯のポールによりかかった。急に、賑やかな前奏が始まった。

そこらへんにいた人がいっせいにピアノの方を見た。聖子は曲の名前を思い出すのに少し手間取ったが、前奏が終わってメロディが流れた途端に、「くちびるつんと尖らせて」という歌詞が口から飛び出した。

大晦日のその晩、片瀬氏は嬉しそうに笑ってそのまま弾き続け、間奏をアレンジして長く弾き、豚汁とおにぎりでちょっと温まってお腹がいっぱいになった人たちに、大瀧詠一の「君は天然色」を聴かせたのだった。

聖子が家に帰ったのは九時近くだった。夫の守は缶ビールを片手に、「どうしても食べたくなって駅前で買ってきた」ケンタッキーフライドチキンとフライドポテトをつまみながら本を読んでいた。聖子の帰宅があまり早くないと知っていたから、そんなもので小腹を満たそうと思ったのだろう。

それから夫婦は、毎年暮れになると福井の友達が送ってくれる越前そばを食べた。大根おろしとレモンを添える冷たいおそばに、かいわれと越前ガニが載る逸品で、少しだけ贅沢な気持ちになる年越しそばだった。夫婦はがんばって六人前を食べきろうとやっきになった。一人で二人前はペロリといける、極上そばなのだ。しかし、今年は息子がいないので、おいしいおそばが余ってしまった。友達がいつも打ちたてを手配してくれる日持ちしないそばを、聖子はタッパーに入れて冷蔵庫にしまった。必ず茹でたてを、冷たくして食べてください、温かいおつゆには向きません、と製造元が注意書きを入れているほどなのだが、年末の炊き出しを終えて帰宅したいま、食べ物を廃棄する気持ちにはなれなかった。

守が観るともなく紅白歌合戦にチャンネルを合わせた。聖子はローストビーフの仕上げに取りかかりながら、炊き出しの光景とあの時間の会話を思い出していた。

じつは料理をしている間中、頭の中を「君は天然色」が旋回していて、歌い出さないように気をつけていた。とくに、「想い出はモノクローム、色を点けてくれ」のところが、何度も何度も蘇ってきた。想い出って、なんの想い出だろう。

ひょっとしたらそれは、聖子が勝手に想像した、祭の日の片瀬氏と高校生の彼女かもしれない。あるいは、聖子自身と久世佑太なのかもしれない。そう、佑太との想い出はいまや、写真の中にこそ美しくおさまっている。

　とくに誰とも定まらない十代のカップルが、聖子の頭の中で夜祭の光景の中を歩いていて、バックグラウンドミュージックに「君は天然色」が流れている、そんな状態がもうずっと続いているのだった。聖子は苦笑して、冷えた爪先をキッチン用に置いている小さなカーボンヒーターに近づけた。

　思えば遠く来たもんだ、というのは、あれは中原中也だったっけ。昔、あの詩が好きだった、と聖子はまた忘れていたことを思い出した。中学生のときに、自分の好きな詩を一篇引き写してくるように、という宿題があって、図書館で見つけた『頑是ない歌』というそれを提出したら、「今では女房子供持ち」の一行に赤線が引かれて、「君にはこの詩はまだ早い」と教師のコメントが書いてあった。あのころはまだ十四かそこらだったので、なんだって中年男の悲哀を歌った詩に惹かれたのかはわからない。現代の感覚では中年とすらいえない、三十歳で死んだ詩人の年齢は、とっくに追い越してしまったいま、たしかに十四歳のころよりずっと、あの詩は身に迫るわね、と聖子は思った。

「マモさん」

聖子はリビングの夫に声をかける。

「なに？」

「中原中也の、思えば遠く来たもんだって詩があるじゃない？」

「あるね」

「全部憶えてる？」

「故郷離れて六年目、じゃなかったっけ？」

「違う！　それは海援隊よ。そっちはちっともよくないのよ。『遠く来たもんだ』と『遠くへ来たもんだ』じゃ大違いよ。『へ』が入るだけでダサくなるのよ。女に振られて死のうと思ったとか、うっとうしい歌詞にしちゃって。だいいち、『とんおおくんええ』って、あの演歌みたいな節回しがいや」

「つまんないことで怒るなよ。そういうのはいまはほら、ネットで検索すれば出てくるよ」

守はタブレットを取り上げて操作し、ほらねと聖子につきだした。

そして聖子が近くに行く間にちらりとその詩を眺め、

「これ、海援隊の歌より、ずっといまっぽいというか、ラップっぽいね」

と、感心したように言った。

聖子はリビングへ移動し、タブレットを受け取って守の隣に腰を下ろした。守はテレビの音量を絞った。

思へば遠く来たもんだ
十二の冬のあの夕べ
港の空に鳴り響いた
汽笛の湯気は今いづこ

雲の間に月はゐて
それな汽笛を耳にすると
竦然《しょうぜん》として身をすくめ
月はその時空にゐた

それから何年経つたことか
汽笛の湯気を茫然と
眼で追ひかなしくなつてゐた
あの頃の俺はいまいづこ

今では女房子供持ち

思へば遠く来たもんだ
此の先まだまだ何時までか
生きてゆくのであらうけど

生きてゆくのであらうけど
遠く経て来た日や夜の
あんまりこんなにこひしゆては
なんだか自信が持てないよ

さりとて生きてゆく限り
結局我ン張る僕の性質《さが》

と思へばなんだか我ながら
いたはしいよなものですよ

考へてみればそれはまあ
結局我ン張るのだとして
昔恋しい時もあり　そして
どうにかやつてはゆくのでせう

考へてみれば簡単だ
畢竟《ひつきよう》意志の問題だ
なんとかやるより仕方もない

やりさへすればよいのだと
思ふけれどもそれもそれ
十二の冬のあの夕べ
港の空に鳴り響いた
汽笛の湯気や今いづこ

「この詩、いいよね」

聖子はしみじみ言った。守は、ふん、と鼻で返事をしながら、もう一度タブレットをのぞき込む。

いまとなっては人生で最も長い時間いっしょにいるのがこの人なの

だと、うつむいた夫の白髪の増えた頭を見ながら、ふと聖子は思った。

いいね、と言って傍らの妻を見上げる守に、聖子は笑みを返した。

除夜の鐘が鳴りだした。


まさか午前中から現れるとは思っていなかった勉が「ただいま」と入ってきて無愛想に靴を脱ぎだしたのも驚いたが、後ろからリュックのトヨトミチカコが「お邪魔します」とついてきたのにはもっと驚かされた元日であった。

夫婦は遅い朝昼兼用のお雑煮を食べて、することもないのでそのまま午睡でも決め込もうかと思っていた矢先のことだった。

「あら、チカちゃん！　あら、素敵！　明けましておめでとうございます！」

あなたもくっついて来るとは思いませんでしたよとは言えないので、勢いで愛想を振りまいてしまった聖子は、そんな自分に正月早々ひどくうんざりした。チカコは「おめでとうございます」とリュックごとお辞儀をした。何日いるつもりなのかしら。

「明後日には向こうに帰るけどね」

母の眉間の皺を読んだように息子が言った。

勉が帰ってくればそれなりに嬉しいし、夜になってお節のお重を広げ、真ん中に大皿に盛ったローストビーフをどんと据え、ポン酢醤油を添えてごはんと貝の潮汁でもてなしたときの息子の笑顔は、母を満足させるに十分な満面の笑みではあったが、それにしても隣のチカコはほんとうに不機嫌でちっとも口をきかず、聖子の手料理もほとんど食べない有様だった。

お口に合わなかったかしら、とか、ご実家とは味付けが違うわよね、といったフレーズが頭をかすめたが、どちらも実際に音声にするとかなりの嫌みか僻《ひが》みに聞こえそうなので自制した。真ん中がピンク色で柔らかいローストビーフは、実際、なかなかいい具合に焼きあがっていたのだから、不満げな顔をされる筋合いはない。

どことなく淀んだ空気を破ろうとして、ことさら明るい声で、

「チカちゃん、私と連絡先を交換しましょうよ！」

と切り出したのにも引かれてしまい、引っこみがつかず半ば強引に携帯の番号とアドレスを聞いた形になったのも後味が悪かった。

夕食が終わると勉とチカコはリビングを占拠して持参したDVDを観始めた。アニメーションのSF作品で、聖子は苦手なタイプのものだった。守は聖子よりは耐性があるらしく、しばらく蘊蓄《うんちく》を垂れながらつきあっていたが、夕食のワインで眠くなったらしく、早々と寝室に行ってしまった。

豪快にいびきをかき始めた夫の横では何もできそうにないので、聖子はキッチンの丸椅子に腰かけてカーボンヒーターをオンにし、年賀状を見始めた。そしてその中に、葉書ではなく封筒に入った、少し厚手の手紙を見つけた。久米島の消印があり、久世穣からだった。同封のカードには「Season's Greetings」と書いてあったが、内容はシーズンとはまったく関係がなかった。

「聖子さんにどこまで話しましたか、わからなくなったが、僕は彼女といっしょに暮らしたいという願いがあるが、それはけっしてできないこと。僕たちの関係は、行き止まりだと彼女は言います。これ以上なく哀しく、僕はみんながA Happy New Yearと言っても、そういう気持ちにはぜったいになれないと、そう思いました」

と、手紙は始まっていた。なに、これ。

ちまちましたわかりにくい字で書いてあるのに聖子はイラつき、仕事に行くときに使っている大ぶりのバッグから例の赤い縁の老眼鏡を引っ張り出した。この前、秋の上野公園で会ったときは、モテまくって女が三人いるとかいないとか言っていたが、あれから一月か二月経つうちに事態はあらぬ方向へ進展していたらしい。

「前に僕はやはり、誠実がいいと聖子さんが言ったので、そして最後に、ミナコを選択した。それは彼女の言葉で言うと、しゅらばでした。ルリは、僕の部屋で、ミナコと僕が朝をむかえたのを知りました。そのときルリが僕たちに包丁を振った」

この人、前はもっとまともな日本語の手紙、書いてたけど、と聖子は頭に疑問符を浮かべた。その手紙はもはや、理解されることよりも、思いを勢いで書きつけることに重点が置かれて、推敲やら書き直しやらといった面倒な手間は省かれているのかもしれなかった。

「切れるかっと思った！　僕は彼女に包丁を放しなさいと言って、二人は少し戦いになりましたから、そのときずっと、切れたらどうしようと思っていた。僕はとても怖かった」

そりゃあ、そうだろう、と聖子は一人うなずいた。そんな絵に描いたような「しゅらば」は、できれば体験したくないものである。

「しかし、ミナコがいちばん怖いのは、怖いと思ったのは、ルリがすべてをミナコの夫に話すことでした。それを知ったとき、僕の胸がはりっさけしそうになりました。なぜなら、僕たちの関係よりも、彼女の夫との関係をだいじしているからと思ったから。ルリはミナコの家や夫を知らないから、心配しないでと僕が言ったが、あれから彼女はとてもおくびょうになりました。あまり会えていない」

聖子はそこまでのところを、二度読んだ。事情のすべてが飲みこめたわけではないけれども、誰かが明け方に乗り込んできて「包丁を振った」りすれば、「おくびょう」になるのも当然と思われる。

「彼女は僕の生徒の一人です。でもいまは、クラスにこない。電話します。メールも。彼女の気持ちはわかっています。僕たちはそうするべきではなかったと、彼女は言うが、それはほんとうの気持ちではないでしょう？　僕たちはおたがいのことを好きと思っていても、先に進めるべきではなかった、それは行き止まりだからと、彼女は言う。それは行き止まりでしょうか。だってどうすることもできないでしょう、と彼女は言う。僕は彼女といっしょにこの島を出ることを考えます。それは、彼女がそうしたいならできる。にもかかわらず、にもかかわらず、したいけどできないと、彼女が言うのが、僕にはぜんぜんわからない」

久世穣を本気にさせてしまった人妻はいくつくらいの、どんな人なんだろう。ミナコさんはすっかり恋愛ドラマのヒロインと化して、自分に恋い焦がれる男の熱烈な思いと人妻という現実の狭間で、身を切られるような気持ちでいるのだろうか。遠い目をして、自分で自分の両腕をさすり、苦悩に満ちた表情を浮かべているんだろうか。

物理的な距離ばかりでなく、久世穣のことがひどく遠く感じられた。久世穣とミナコが陥ったような絶望的な恋のことを、例の六十年前のベストセラー作家は「人類がある限り」「続いて行く」「悲しい物語、悲しいが故に美しい物語、歌、音楽、絵などが、この問題を基にして作られ」る物語だと書いていた。

「沙漠の中で失う水の貴重さと同じように、愛の滅亡の物語が私たちに愛の実在を分らせるのです。何かに抵抗して、何かを無理に手に入れたとき、一度手中にあったもので失われてしまったもののある時、それ等のものは私たちにとって実在となります」

そうねえ。何かが失われたとき、人はその何かを最も愛おしく感じるのはたしかよ。

爪先をカーボンヒーターで温めながら聖子は考える。

でも、私にとって最も美しい滅亡の物語は、淡くて遠くにある時間なの。

それはたとえば、十二の冬の夕べの、港の空の汽笛の湯気みたいな細やかな揺らぎなんだわね。

第十一章　家庭とは何か

その日は朝から、風が強かった。

午前中の仕事を終えて、「ゆらゆら」の事務所を出ると、聖子は玄関の外に立っている片瀬氏を発見した。

年末以来だったので、明けましておめでとうございます、と挨拶をすると、あいかわらずステンカラーコートの片瀬氏は、

「夕方、時間ありますか？」

と、ものすごく唐突に言いだした。

「夕方、ですか」

「ええ。面白いタコが手に入ったので」

「タコ」

「食べるほうじゃなくて、揚げるほう」

片瀬氏は、両手をグーの形に丸めて、揺らすように上下に動かした。

「凧揚げ？　片瀬さんと私が？」

「あー、事務所の人たちと」

「凧揚げ？」

うんうん、こんどは頭を上下に振って、聖子から承諾を取りつける
と、この不思議な人物は事務所へ寄らずにどこかへ行ってしまった。

待ち合わせ時間も何一つ決めずに。

聖子はそのまま金原事務所へ向かったが、頭の中はクエスチョンマークでいっぱいになった。

それにしても、凧揚げ？

なんだって、凧揚げ？

何一つわからなかったが、聖子は夫に電話して帰宅時間を確認し、職場の人と夕方凧揚げに行くことになっちゃったから、もしかしたら遅くなるかもしれない、と伝えた。

「凧揚げ？　しかし、あんなものは夕方やるもんなのか。日が落ちちゃうじゃないか」

守はすこぶるまともな反応をしたが、

「僕も仕事が溜まっているからそんなに早くは戻れない。夕食は適当に済ませる」

と続けた。

そういうわけで、午後中ずっと、聖子は仕事をしながら頭の中に奴凧を浮かべていたのだった。だから、四時ごろになって日が傾いてくると、たしかに不安になってきた。夕暮れの空ならそれなりに風情もありそうだが、すっかり日暮れた空に凧を揚げて楽しいのか。あいかわらず風が強く、外は寒そうである。そもそもほんとうに凧揚げなのか。なんだって、唐突に凧揚げなのか。しかしとにもかくにも机の引き出しから買い置きの使い捨てカイロを引っ張り出し、事務所のトイレで女性鍼灸師直伝の最上級防寒態勢を整えた。ついでに握って温まるためにポケットにも一個忍ばせる。

五時過ぎに金原事務所を出て、「ゆらゆら」に向かうと、事務所内に片瀬氏はおらず、所長と高橋さんと田中さんが、まだあわただしく仕事をしていた。

「あれ、宇藤さん、どうしました？」

所長が顔を上げた。

「どうって、さっき片瀬さんが、凧揚げがどうのこうのと」

「凧揚げ？」

「ああ、片瀬さんが凧拾って修理したって聞いて、多摩川行って飛ばそうって、ボランティアの人たちとかと話してたんですよ。宇藤さんも参加ですね。所長はどうします？」

「行かないよ、そんな、あんた。寒そうな」

「そう言うと思った。宇藤さん、ちょっと待っててください。いっしょに行きましょう」

高橋さんがそう言ってくれたので、聖子はその場で待つことになったが、「宇藤さんも参加ですね」のところで、最初は数に入っていなかったのかなと妙な気持ちになった。三十分ほど待つと、高橋さんと田中さんが、

「行きましょう」

と立ち上がった。

あいかわらず片瀬氏は姿を見せなかったが、聖子は二人の言うままに事務所の車の後部座席に乗り込んだ。どこに行くのかもわからない

まま座っていると、車はさっさと走り出し目的地に向かうようだった。

途中、運転する高橋さんの携帯に電話が入り、それが隣の席の田中さんに渡され、カップルの間で何事かやりとりがあって、

「じゃあ、十分後ね」

と、高橋さんが言って電話が切れた。

「あのう」

助手席の田中さんが振り返った。

「これから、市内の高齢者施設に向かって、そこでボランティアさんを拾うんですけど、宇藤さん、先に多摩川で落としていいですか？」

「多摩川で」

「片瀬さんが、一人でもう行ってます。ボランティアさんが二人だと思ってたら三人来るみたいなので、車に乗り切れないと思うので」

「もちろん、いいですよ」

「じゃ、このあたりで」

そうして降ろされてしまったのは、ほんとうにただの川っぺりというか、道路の端で、川と自分の間にはサイクリングロードしかないような場所だった。風を防ぐものがないのでかなり寒くて、年齢的には所長に近い自分が来たのは失敗だったかもしれないと思わされた。しかも、周りを見回しても人がいる気配がない。

聖子はダウンのハーフコートのファスナーを首までぴったり閉めて、フードを頭にかぶり、その上からマフラーを巻きつけた。ウールのパンツにショートブーツで出てきてよかった、スカートだったらやっかいだったわ、と思った。

たまにすれ違うのは、ヘルメットをつけてサドルを高くした自転車乗りたちだった。ぴったりしたサイクリングスーツに身を包んだ彼らは、なんだって中年のおばさんが、こんなところに一人立っているのかわからなかっただろう。事務所を出たころはかろうじて夕日の残光を湛えていた西の空も、暮れかかり、街灯がともり、向こうから来る自転車のフロントライトが眩しく見えた。

一人で立っていたのは二、三分ほどのことだったが、すっかり心細くなって、高橋さんに電話でもしようかと思っているところへ、なんだか不思議なものがやってきた。あきらかに、そのサイクリングロードを走っている他の自転車とは雰囲気の違うぽってりした自転車に、ステンカラーコートの主が乗っている。その自転車はまっすぐこちらを目指して走ってきて、キュッと甲高いブレーキ音を立てて止まった。

「あら、片瀬さん」

「お待たせしましたか」

「高橋さんたちは、ボランティアの人といっしょに、ちょっとしたら来るそうです」

「そうですか。じゃあ、準備しますか」

「この自転車は？」

「壊れて廃棄寸前だったものを持ち主から譲ってもらって直したんです。一日に四、五回は、盗んだのかって職務質問受けます」

サイクリングロードの脇には、草地がなだらかな坂を作っていて、おりきったあたりにも子供が遊べそうな空き地が広がっていた。片瀬氏はまず背中のバックパックから新聞紙を取りだして、空き地の一角のでこぼこの少ない場所に敷き、聖子のバッグと自分の荷物で固定した。それから自転車の籠に入れてあった凧を取り上げ、それに何かを括《くく》りつけているようだった。

「これもね、ゴミになっちゃってたんだけど、拾ってきたら、面白かったもので。見ててください。点けますよ」

そう言われて顔を上げると、片瀬氏がお腹に押し当てるようにして広げたビニール凧が、クリスマスの窓辺のように色とりどりに光った。

「あら、光ってる」

「正月に、近所で凧を拾いましてね。クリスマスに拾った、壊れた電飾をくっつけてみたんです。光らなくなってたんですよ、ちょっと直せば、この通り、使えるんだけどね。いいですか、こっちを持って」

片瀬氏は凧の糸を聖子に差し出した。

「私が本体を持っているので、イチ、ニの、サン、で駆けおりてください」

「駆けおりる?」

「全速力で、河原まで。行きますよ、イチ、ニの、サン」

駆けおりる? だけどまだ高橋さんたち来てないのに?

脳裏にクエスチョンマークを浮かべながら、聖子は走った。片瀬氏が手を放すと凧は揚がりそうに見えて、風になぎ倒されるように地面にへたばる。

五回くらいそんなことを繰り返し、聖子がすっかり息を切らすと、片瀬氏が空き地までおりてきて凧を拾い上げ、

「コツがあるんです。こんどは私が」

と言う。

走ったおかげで体の温まった聖子が、坂の上で凧を広げて掲げ持ち、片瀬氏が駆けおりるタイミングで手を放すことになった。電飾がついているせいで案外重く、こんなものが揚がるわけないではないかと思われた矢先、ふわっと手から浮き上がる感触があり、

「放して」

と、声が聞こえた。

凧は、というよりも、豆電球の灯りが、風に揺れて、夜の空に絵を描いた。

赤、黄色、白、青、緑の光が、空に揺れながら点滅し、聖子は思わず声を上げた。近くまで駆けおりると、

「もうだいじょうぶだから」

と片瀬氏は、凧の糸を聖子に手渡す。

風の中で振り回される凧を右手でコントロールしながら空に飛ばした。星もまばらな東京郊外の夜空に、凧は自慢げにくるくると舞い、坂の上の自転車道を行く、サイクリングスーツの自転車乗りたちが、思わず漕ぐのをやめて凧の光に見入るのが、なんとなく誇らしかった。

「ちょっとここで凧揚げしながら、荷物見ててもらえますか。一分

で戻ります」

坂を駆けあがった片瀬氏が叫ぶので、よくわからないながらも、

「いいですよう」

と大きな声で答えると、片瀬氏は自転車にまたがってどこかに消えた。

電飾をつけた凧は、それでもしばらく楽しげに空中散歩をしていたが、やがて飽きたのか、よろめくように下降してきた。

ビニール凧を手繰り寄せ、坂の上を見上げると、ちょうど片瀬氏が戻ってきて自転車を端に停め、おりてくるのが見えた。

「なんで、ここを凧揚げ場所に決めたかって言うとね」

両手をステンカラーコートのポケットにつっこんだ彼は、もぞもぞ

と何かを取りだした。

「これの販売機が近くに」

取りだしたのは、おしるこの缶だった。

聖子は思わず笑いだした。

「寒いですか」

そう訊ねながら片瀬氏は、おしるこの缶を新聞紙の上に置くと、聖子から凧の糸を受け取って、くるくる巻き、草地に敷いた新聞紙の上にどっかりと腰を下ろした。

「寒いと思ってたけど、さっき走ったから。それに、私、カイロ持ってるから」

聖子は自分のポケットから使い捨てカイロを取りだして見せ、おしること缶を受け取って、新聞紙の上に座った。二人が座り込むと、少し風がおだやかになった。

「あー、びっくりした。面白かったけど」

聖子はそう言って缶を開け、傍らのステンカラー氏と乾杯をした。

「よかった。面白がってもらえなかったらどうしようかと思った」

と、片瀬氏は嬉しそうに缶に口をつけた。それから唐突に、

「自転車を、手に入れたんです」

と言った。

「日に四、五回、職質されるけど、盗難品じゃなくって、譲り受けたのを直して使えるようにしたんですよね」

「その通り」

優秀な生徒の答えを聞いた教師のような相槌を打ち、傍らの男は、満足げにおしるこを啜り、話し始める。

「ずっと考えてたんですよ」

「何をですか」

「人生と金について、です」

「人生と金？」

「ええ。金を使わない人生について。いつか、貴女に、はた迷惑だと言われた」

「そのことは、私、失礼だったなと思って、謝ったじゃないですか」

「いやいや、悪く取らないでください。あのとき、とてもびっくりして、そして面白かったもんだから」

「面白かった？」

「ええ。金を使わないでも、自分一人生きて行くならかまわないと思っていたんだけど、人が、誰とも関わらずに生きるというのは、これはなかなかたいへんなわけで、そうなると金とはいったい、どういうものなのかなと」

「うちの息子なら、そういう話、私より上手に聞くかもしれません」

「宇藤さんの息子さん？」

「哲学科の大学院生なんです」

「西洋哲学ですか、東洋の？」

「私には何一つわかりません。よかったら、先、続けてください。お金と人生の話」

「前に話したけど、僕の人生は、金でめちゃくちゃになりました」

「そうでしたね」

「金はいま、世界中で神様みたいなものになってる。でもね、そんなにいい神様じゃないんです。誰にとってもね」

片瀬氏が川に向かってぽーんと投げた小石は、風にあおられて脇へそれ、地面に落ちた。

「金は私の人生を壊し、仕事を奪い、家庭を失わせました。こんなにひどい目に遭わされて、まだ金を信じて崇める気持ちにはなれない。金は神様じゃない。そう思わないと、やっていけない気持ちになりました」

片瀬氏は両手でおしるこの缶を包んで、白い息を吐きながら話した。

聖子は黙ってうなずいた。

「いくつか、金を人生から締め出してしまった人の本も読んでみました。やれそうな気がした。たとえば、ドイツの女性の話です。彼女はホームレスのための物々交換センターを作ったんです。物と物だけの交換に限らず、人が何かを提供し、代わりに、自分に必要なものを受け取るシステムを作った。提供するものは、古着でも古本でもかまわないし、技術や知識でもいい。たとえば、眼鏡の調整とかでも。その見返りに、食事を支給してもらう、あるいは車に乗せてどこかへ運んでもらうとかね。金を介さずに、価値と価値を交換するんです」

「交換？」

「物だけじゃないんですよ。何か、自分の持っているものを人に提供して、その代わりに自分に必要なものを分けてもらう。そのドイツの女性の発想は、しっくりくる気がしたんです」

「それで、『ゆらゆら』でボランティアを」

「うん、だから、ボランティアじゃないよね。一方的な奉仕じゃなくて、行けば昼飯を提供してもらってたし、何か、他のものが欲しければそれをもらう」

「老眼鏡とか」

「老眼鏡とか。あそこだけじゃなくて、いくつか出入りして、機械を修理したりして。金はいらないんだって言えば、飯くらいは出そうという話になるから」

「でもそれ、片瀬さんだからできることでしょうね。誰にでもできることじゃないと思う」

「それはそうかもしれない。しかもね、家の問題があった。そのドイツの女性の場合は、彼女が作った物々交換センターで寝泊まりができたらしい。旅行に出る人の家の留守番をしたり、家事を買って出ることで人の家に泊まらせてもらったり。家事をやるから泊めてくれと言っても、日本の狭い住宅事情じゃ難しいし、『ゆらゆら』に泊まりこむってのも、賛成してもらえなかった。結局、所長の紹介でアパートに入ったわけだけど」

「じゃ、ちょっと、そこのところは、妥協したわけなのね」

「そう。言ったでしょう、インチキなんだって」

ステンカラーコートの片瀬氏は、歯を見せて笑った。

「だから、誰かが頼ってくれれば、泊めることもある。ただし、困ったもんで、一方的にもらうのも息苦しいけど、一方的に与えるばっかりってのは、聖人でもない限り、さらに息苦しい。僕には奉仕だの犠牲だのという高邁《こうまい》な精神が欠けてる。善人じゃないんです。それから、前に一度、家事を提供するからっていう女の人に居座られそうになって」

「それは、ありそうなことですね」

「間に合ってるからいらないと言って、やっぱり出てってもらった」

「片瀬さんに、間に合ってないことってあるのかな。家事もできるし、ピアノも弾けるし、自転車も直せるし」

「それはね、やっぱり、あるんですよ」

片瀬氏は言葉を切った。

ふと、多摩川土手を沈黙が支配した。

片瀬氏が何か言いそうになるのを遮って、聖子は立ち上がった。

「私、また凧揚げようかな」

片瀬氏は、中身を飲み干して荷物の陰に缶を置き、隣を見上げて訊ねた。

「もう一回、走ってみます？」

そうして二人して草地の坂をてっぺんまで上り、凧の電飾を点灯させて広げ、聖子はボール紙に巻きつけた糸の先を握って走り出した。

二度目に駆けおりたとき、凧がぐいっと風に引っ張られる感触があって、空に揚がった。聖子は糸を繰り出して高く揚げ、それから少し引くようにして凧を浮かせる。空の上のほうで、凧にはたはたとあおられ、光の筋がきれいに流れた。

片瀬氏は坂をおりてきて隣に立ち、凧が揺れて落ちそうになると、そっと手を添えてバランスを取った。

「一人でいるぶんには、なんとかやれるんですよ。金がなくてもね。でも、たとえば、好きな女性ができたとしますね」

安定して揚がっているように見える凧の操作を聖子に任せて、横で腕を組んで空を見上げながら、片瀬氏は話しだす。

「すると突然、自分がひどくみすぼらしいという事実に気づく。それこそ、その女性が自分に与えてくれる何かへの対価を、まったく持ち合わせていないことに気づく。そうしたらこれもまた唐突に、金があれば何かできるんじゃないかって気になってくる。あ、ちょっと引いてみて。右のほうに。そうそう」

聖子は右側に糸を引き、風に取られてよろけそうになるのを、がんばって踏みとどまって凧を空に泳がせる。

「お金じゃ、なくても」

凧に注意を払い、風に抗ってしゃべるのは難しい。しかも、注意はいまの場合、凧だけに向けられるべきものではない。聖子が慎重に選ぶ言葉は、とぎれとぎれになった。

「片瀬さんが、人に、あげられる、物は、いっぱい、あるから」

「ちょっとゆるめてみて」

「こう？」

「そうそう、ストップ。いや、実際問題、持ち合わせていないんだから。金があれば好意が買えるという意味ではないんだけど、もう少しいい身なりをして、もう少し居心地のいい場所を準備して、もう少し旨い物でも、なんて、そんなことを考えたりする。じつにくだらないと思っていたことが、ひどく現実味を帯びてくる。つまりは、自分はドイツの女性みたいに、本気で金と縁を切った人とは、考えの深さがまるで違う。まあ、だからなんだという話じゃないけど」

凧は吹き、手元の糸がぐっと引かれた。思わずよろけそうになったのを、傍らの片瀬氏が支えてくれて、聖子はようやくバランスを取り戻した。

態勢を整えて気づくと、ステンカラー氏の手が、凧の糸を握っている聖子の手と肩にあった。

「あ、爪が」

爪はどうということもなかったのだが、この場の雰囲気を壊さなくてはならない思いに駆られて言いかけると、片瀬氏はなんとも言いようのない柔らかい表情でそこにいて、

「あの、じつは」

と、続け、言葉はそこで止まった。

風がもう一度強く吹き、聖子はよろけまいと体中に力を入れた。こんどよろけたら、それこそほんとうにバランスを失う。いまバランスを失ったら——。

そのとき、ウーッという、静かな音がした。

ウーッ、ウーッという、連続音が、速くなる鼓動の他に唯一聞こえてくるのを、四肢が地面にめりこんだように、動くこともできずに聞き流していると、やがてゆっくりと身体が離れて、そうして耳元に声が聞こえた。

「電話、取らなくてもいいんですか？」

聖子は反射的にハーフコートのポケットに手を入れて、振動している携帯を取り出した。「チカちゃん」という文字が、緑色に光って揺れているように見えた。

長いこと放っておいたから、「チカちゃん」は振動を止めた。静かになったのに気づいて、片瀬氏が声をかける。

「かけ直さなくても、いいんですか？」

「息子の彼女なんだけど、電話なんかもらったことないし、間違いかもしれないし」

「また、かかった」

ウーッという電子音がして、「チカちゃん」の文字が現れた。

「出てください」

片瀬氏が言った。聖子は通話をオンにして、機器を耳に当てた。

「もしもし、チカちゃん？」

「いま、東京駅にいるんですけど」

「東京駅？　勉は？」

「一人で来たんですけど」

「何か、あったの？」

「……はい」

「いま、話せる？」

「いまはちょっと」

「私もちょっと外なんだけど、そうね、うちに来てくれてもいいわよ」

「……はい。あ、でも」

「うちまで一人で来られる？」

「あ、でも、おじさんに会う前に、話したくて」

「私と？」

「はい」

「込み入った話なの？」

「けっこう」

「じゃあ、どうしよう。四、五十分かかるけど、東京駅で待てる？」

「はい」

「じゃあね、丸の内南口を出ると左手に、キッテっていうショッピングモールがあるの。元郵便局だった建物で、そこにあるカフェとかレストランとか、どこでもいいから入ってて。ね。電話するから。待っててよ。チカちゃん？」

「はい」

「泣いてるの？」

「……ちょっと」

「勉、何かした？」

「違いますけど」

「ともかくすぐ行くから。待ってて。ぜったいよ」

聖子は電話を切り、傍らの片瀬氏を見上げた。

「東京駅ですか」

片瀬氏が訊ねた。

「わかんないけど、泣いてるの」

「それは事件ですね」

「ここから東京駅って、どう行ったら」

「最寄りの駅までなら五分です。送ります」

「送るって、何で？」

「自転車」

聖子は絶句して片瀬氏の自転車を見た。

これに二人乗りするというのか。

まじか。

『耳をすませば』の雫と天沢とか、『海街diary』のすずと風太みたいにか。小学四年生の聖子と中学生の久世佑太みたいにか。

それはいくらなんでも、中年男女としてどうなのか。

泣いているチカコの顔が思い浮かび、ごちゃごちゃ考えている暇はないと意を決して自転車にまたがろうとしたところに、車が到着した。

事情を聞いた高橋さんが、最寄り駅まで送ってくれることになった。

じつは、の後に続く言葉が何だったのか、聞かないままに車が走り出した。

第十二章　この世は生きるに値するか

東京駅を出て斜め左にある元郵便局の建物に向かうと、トヨトミチカコはどの店にも入らずに一階のアトリウムで所在なく立っていた。泣きやんではいたが、どんよりと暗い空気がその場を覆っていて、なんだか近寄りがたい雰囲気なのだった。

「だいじょうぶ？」

相手は歯を食いしばってうなずいた。聖子が店を探して、洋食屋に入った。食事をしたほうがいいような時間になっていたが、チカコは何も食べたくないと紅茶だけを頼み、聖子はオニオンスープを注文した。

沈黙の後に出てくる言葉には、驚かされることを覚悟していたものの、聖子の頭の中にはまだ片瀬氏の「じつは」の余韻が渦巻いていた。だから、チカコがようやく口を開いたときに切り出した言葉が他ならぬ、

「じつは」

だったために、聖子は内容を聞くより早く、

「ええぇ？」

と反応し、目の前のチカコはもう一度泣き出しそうになった。

「ごめんなさい、いまのは、なんでもないの。心を落ち着けるために言ってみただけ。続けて」

それからまたずいぶん時間をかけて、とうとうチカコは妊娠している事実を話し始めた。

新年に上京した際にはもうわかっていたという。何を食べさせても不機嫌だったチカコの態度を、あらためて聖子は思い出した。

チカコの妊娠。チカコが妊娠？

それはとりもなおさず、自分の息子が女の子を妊娠させたという事実だった。ついこのあいだまで生涯に一人のガールフレンドも持たなかった息子が。それはもう、驚きを通り越して、生命の神秘について考えこんでしまうほどの事態だったが、硬い表情でうつむいている相手に、「おめでとう」という言葉が適当でないらしいことにも、聖子は気づいていた。

「ねえ、勉が」

「トムトムのせいじゃないんです」

ともかく何か言ったほうがいいのだろうと思って切り出せばこれだわよ、と聖子は脳内独白した。誰、トムトムって。うちの息子ですか。

「あら」

「産めないって言ったんです、トムトムに。勉強も中途半端だし、結婚もしてないし、お金もないし、無理って。ぜったい無理って。ぜったい嫌だって言ったんです」

「勉はどう答えたの？」

「答えを聞く前に、私、ありえないって押し切ったので。ぜったい無理だからって」

「だけど」

「無理、無理、無理、無理、無理、ぜったい」

「そうなの」

「それで今日、病院に行ったんです」

「勉は」

「ぜったい無理。トムトムいっしょなんて無理。ぜったい来ないでって言ったんです」

「だけど」

「行ったんだけど、なんか、急に、もう、そっちのほうが無理になっちゃって」

「どういうこと？」

「病院に行かなかったんです」

「行ったって、さっきは」

「だから、前までは行ったので」

「入らなかったの？」

「私、言ってないかもしれないですけど、母との関係がすごく悪くって」

「お母様と」

「母は、ふつうのきれいな女の子が欲しかったのに、私が違うので、すごい嫌みたいで。服とかいっしょに買いに行ったり、交換して着たりしたかったみたいで。私すっごい、そういうの苦手で。話とかしないし。こういうことを母に言ったり、ぜったいできないので。友達もいないので」

「だから、っ」

と、む、と言いかけて、勉に言えなくて新幹線に乗ってここまで来てしまったのだろうと、ようやく聖子にも思い当たった。

実の母にも言えないことを、なぜ勉の母に言う気になったものかと不思議ではあったが、困り果てているトヨトミチカコが気の毒であり、どう言って慰めようかと思っていたら、ある記憶が蘇った。

もう四半世紀も前のことだ、あの子を産んだのは。小さい生命がお腹に宿ったとき、とても嬉しかった。でも初めてのことだったから、動揺して、あるとき急にパニックになった。自分にはとても子供なんか持てないという気がして、大騒ぎしたことがあったのを、聖子はすっかり忘れていた。いまとなっては、あの万事に忘れっぽい夫も憶えているはずはない。聖子は思い出し笑いを感じのいい微笑みに化けさせるべく努力しながら、トヨトミチカコの両手を握った。

「私ね、勉を妊娠してたときね、突然、こんなのだめ、私、子供なんか無理って、思ったことあったわ」

チカコは眼鏡の奥から鈍い光を放った。

「うち、早くに父親がなくなっているのね。きょうだいもいないし。それで妊娠中に、唐突にね、思ったの。私じゃだめ、子供が生まれても育てられないに決まってる。だって両親が子供を育てる姿を知らないんだもんって。で、パニックになった」

チカコは少しだけくちびるを突き出し、顔を左右に揺すり、小さな声を出した。

「じゃあ、トムトムは」

「それがねえ、うちのあの、もっさりした夫が意外に落ち着いててね。子育てくらい、猫だってするんだから、できるだろって、半分欠伸《あくび》するみたいにして言ったの。こっちは真剣に悩んでんのにって、最初は腹立ったんだけど、そのうち、そうかなと思っちゃったの」

「おじさんが……」

「ねえ」

聖子はチカコの手を握り直した。

「もう一回、考えてみて。案ずるよりなんとかって、言うじゃない」

「でも」

チカコは口ごもった。

「将来、恨まれたりしないですかね。こんな世の中になんで産んだんだ、みたいな。いまって、めちゃくちゃいい世の中って感じじゃ、ないじゃないですか。この世って、生まれてくるに値するんでしょうか」

「へっ」

思わぬ方向から飛んでくる弾にうろたえて、そういう哲学的なことは自分で考えてくださいよ、ご専門なんだから、という軽口が頭に浮かぶけれども、いまこの場で、このお嬢さんを混乱させるわけにいかないと思い直し、聖子は再びチカコの手をきゅっと握った。

「勉と、よく話し合って。あの子、父親に似て、もっさりしてるけど、バカじゃないから。一人で抱え込まないで。そして赤ちゃんに、生まれてくるチャンスをあげられるかどうか、もう一度考えてみて」

トヨトミチカコはうなずいた。

聖子は息子のガールフレンドに対して、初めて優しい気持ちが湧きあがるのを感じた。それきり黙って、二人は半時間ほどを沈黙したまま過ごした。

聖子は彼女を伴って帰宅した。疲れたのか、それ以上話したくなかったのか、チカコはシャワーを浴びると勉の部屋に引っ込んでしまい、守が帰宅しても出てこなかった。「おじさん」には会いたくなかったたのかもしれない。聖子は、勉に携帯メールで事情を知らせるのに、どこまで踏み込んで書くべきかで、ほとほと悩んだ。

冬の寒空の下、凧揚げした挙句に哲学的悩みにつきあった身としては、当然のことながらシャワーなんかで体が温まるわけもなく、よくまあ若い子はあれで平気だわねと思いつつ、バスタブに湯を張って冷えに効くという珍妙な香りの入浴剤を入れて体を沈めた。湯に浸かると長い一日の疲れが意識されてきた。

翌日朝早く、「おじさん」が起きる前に、チカコは帰って行った。よほど会う気がなかったのだろうと聖子は解釈した。

「おじさん」には聖子から話した。ぽっかりと口を開けて話を聞いていた守だったが、終わるとにわかに笑顔になって、

「じゃ、孫が生まれるってことか。いいじゃないの。なんで、産みなさいよって、しっかり言ってやらなかったの？」

と、嬉しそうにした。

「だって、このごろじゃ、姑が夫婦関係に口出すなんて、モラルハラスメントとか言われたりすんのよ。気を遣ったのよ。それにね、『この世って、生まれてくるに値するんでしょうか』って、そんな根源的なこと聞かれても、『もちろんですとも。お産みなさい』なんて、言えないじゃないの、宗教家じゃないんだから」

「『この世は生きるに値するか』か」

「なに、それ？」

「『女性に関する十二章』の最終章だよ」

守はやや表情を曇らせて口ごもった。孫がどうのと、はしゃいだ顔とは対照的だった。

「そういえば、あの企画はどうなったの？　マモさんが女性論を書くって話。このごろ、聞かないわね、その件」

「んー」

守の声は、岩から絞り出すようなものに変化した。

「暗礁に乗り上げている」

「あら」

それきり守が黙り込んだので、長年連れ添った夫婦の勘でこれ以上聞かないほうがいいだろうと判断した聖子は、キッチンに引っ込んで洗い物を始めた。

暗礁とは何のことだか、夫は言わなかったが、あの暗い顔はもしかしたら、契約自体に問題が発生しているのかもしれない。受注した仕事がおじゃんになってしまえば、夫の編集プロダクションには大打撃だ。いつだったか、魂を売ってでも金はもらうと言っていたのに、入るべきものが入ってこないとなると、宇藤家の経済だって見通しが暗くなる。

そりゃね、産んでほしいと思うのよ。

聖子は皿をきゅっきゅと拭きながら考える。

でも、あの子たち、お金あるのかしら。うちだって、あったりなかったり。十分に援助できるかどうかわからない。

「人生と金について、です」

片瀬氏のひょうひょうとした口調が耳に蘇った。人生と金について。この世は生きるに値するか。

聖子は皿拭きをやめにして、ダイニングの椅子に座り、例のごとくタブレットを引き寄せて『女性に関する十二章』を開いた。

「あなたの目に写り、手に触り、心にふれるもののうち棄てがたい価値のあるものがあったとすれば、それをあなたに感じさせたのはあなたの生命なのです。あなたが人間として生きていたからそれをあなたは感じたので、もしあなたが石や木や動物であったら感じることのなかったものです」「もし生まれて来なかったら、あなたが一匹の虫であったら、あなたは、それを知ることができませんでした。見ること、触れることに価値があるのに、その価値を消してしまって生きることをやめる、というのは間違いではないでしょうか？」

聖子は夜空に揚がって光を放つ凧を思い浮かべた。そしてその後に起こった光景についてもまた考えた。「じつは」に続く言葉のことも考えた。聞きたいような、聞かなくてよかったような言葉をいくつも想像して、自分自身にあきれたりした。

冬の川べりで慣れない運動をしたせいか、それとも緊張しきってチカコの話に聞き入ったのが災いしたか、体のあちこちが痛んでいる。

チカちゃん、私、五十年も生きてるってのに、赤ちゃんが生きるに値する世の中かどうか、確信を持って判断してあげることすらできない。

でも、勉を産んでよかったと思うよ。勉は私から生まれたのに、私にはちっともわからないことを研究して、チカちゃんと出会って好きになった。勉が感じることは、勉だけが感じることで、でもその勉を見て感じることは、私だけが感じることで、勉を見て、触れて、感じることは、ずっとずっと楽しかった。

勉が家を出て、なんだかいろんなことがあった。五十になっても、人生はいちいち驚くことばっかり。聖子はふうっと大きな溜息を吐いた。

それから数日、聖子はうわの空で過ごした。エクセルの入力をしばしば間違え、とてつもない金額が目の前に現れたのに動揺してやり直すことが多かったので、経理処理に普段より時間がかかった。

今月末に新しい経理の人が来る、と丸川所長が言ったときも、あまりよく聞いていなかった。気まぐれな片瀬氏は顔を出さず、会いたいような、顔を合わせるのが気まずいような、妙な感覚が聖子をそわそわさせた。

あの日の夕方、金原事務所から出てくると、駅前の商店街で久しぶりにあの蝶ネクタイの占い師に呼び止められた。

「ね。だから言ったでしょ。そういう年齢なんだって」

何が言ったでしょなんだか、妙に親し気に年寄りの占い師はそう言った。

「だけど、あれよね。奥さんも堅いねえ。もうちっと、どうかなっちゃったっていいはずだったのにさ。あたしが余計なこと言ったから、意識しすぎたんですかね」

私があなたの言ったことなんか意識するわけないでしょう、覚えてすらいないんだから。

と、聖子は胸の内でこっそり呟いた。

わけのわからないことを聖子の背に向かってわめいている小男を振り返ることもせず、聖子は例の喫茶店へ向かった。

その日は経理の引き継ぎのための事務的な話をしがてら、ねぎらいも兼ねて早めの夕食をおごりたいと所長に言われていたからだ。店で待ち合わせ、二人してカレーを注文して待っているその席で、所長はなんでもないことのように言った。

「調整に来ていた片瀬さんね。福岡へ帰った。故郷なんだって。ご両親のお墓があるらしい」

「そうだったんですか」

「宇藤さんにと伝言を頼まれたんだ」

「私に？」

「うん。『金を使わない人生を、もう少し真面目にやってみようと思う』って」

「それを、私に？」

「うん。その、ご両親の墓の近くで、荒れ放題だった民家を借りることにしたんだそうだよ。聞いたらね、家賃が一万円なんだって」

「それは、安いですね」

「安いもなにも、それが月額じゃなくてさ、年額なんだって」

「年？　一年で一万円！」

聖子はスプーンを取り落とし、カレーの粒が一滴、テーブルの上に跳ねた。

「おそらく建物も修理が必要だろうけど、あの人、そういうこと得意だからね。限界集落的なところかと思ったら、東北の震災後は移り住んでいる人もけっこういるらしいんだ」

「世の中は少し、変わり始めたんでしょうかね」

「どうだかね」

所長は、カレー皿から丁寧に米粒をさらい、いとおしそうに口に含んだ。

「それから『じつは、の後は、ご想像の通りです』って。ご想像って、なんですか」

「さあ」

聖子は紙ナプキンを手にとって、テーブルに当てた。カレーの丸い染みが白い紙ナプキンに広がった。

「あなた、気づいてても人妻だから知らん顔してんだろうけどさ。あの人、けっこう本気だったよね」

所長はカップを手に取り、顔色も変えずにそれだけ言うとコーヒーを啜った。

「あんな調整さん見たの、初めてだったもの。うちへも用もないのに来てたしさ」

「用事があったから来てたんでしょう」

「前はあんなに来なかった。言ったでしょう、あの人、寅さんなんだって。あなた、あの人のマドンナだったんだよ」

一瞬、所長の言葉を聞かなかったふりしてやり過ごそうとした聖子は、突然、はじかれたように体を起こして、

「わかった！」

と叫んだ。

「何がよ？」

「寅さんだわ」

「そうだよ。寅さんだよ」

「寅さんに似てる」

「だから、そう、私は言っただろう。寅さんだって。なんだ、あなた

も人が悪いね。まるでいま気がついたみたいに」

「え？　でも、いま気がついたんですよ！」

「だって、私、前から言ってるじゃない、あの人、寅さんみたいだって」

「言いました？」

「言ったよ」

「言ったっけ？」

「言った」

「顔ですよ」

「顔？」

「顔が似てるんですよ」

「誰が」

「片瀬さん」

「渥美清に？　似てるかね」

「痩せこけてるのがちょっと盲点だったのよ。ちょっとこう、お肉をつけたら似ます」

「そうかね。肉を足すのかね」

「ええ、ちょっと足してみて」

「……ほお」

「似てるでしょ」

「似てるね」

「寅さんに似てたんだわ。だから私……」

「だから、あなたも人が悪い。あの人の気持ちをさ、気づいていながら」

この会話はそろそろ切り上げなければならないと聖子は思い、言い募る所長に向かって訊ねた。

「それだけですか、伝言は？」

所長はコーヒーをぐいっと飲み干して答えた。

「『三年後には眼鏡を調整してください』って」

「こういうとき、人はふと踏切の向こうにふらふら歩いて行ってしまったりするんじゃないかと」

夫の守が変な目をして報告に及んだのは、トヨトミチカコが関西へ戻って行き、勉から「二人で相談して子供を持つことに決めた」と連絡があって、何日か経ったころだった。

息子と彼女と生まれてくる子供について、際限なく語り合うことがあると思われたのに、守ときたら魂が抜けたような表情で、ふんふんと気の抜けた相槌しか打たないと思っていたら、唐突にそんなことを言うから、聖子は動転した。

「結局この数か月、振り回された。もう二度と、ああいう仕事は嫌だね」

「というと、例の、女性論？」

「女性論はこの際もうどうでもいいんだよ。社内でいろいろ揉めたみたいでさ。あれこれ口出ししてた会長が、役職を解かれて、弟とかいうのが新しい会長になって、社長も代わって、ＰＲ誌を出すという計画も見直しになったんだ」

「でも、もう、準備してたでしょ」

「そうだよ。準備してたスタッフへの支払いもあるし、用意しちゃった記事をどうするのかとか、こっちは後始末抱え込んでめちゃくちゃだよ。会社って怖いねえ。あんな小さいとこなのに、クーデタみたいなのがあったらしい。まあ、排除されてもおかしくない爺さんだったけど、後釜もろくなもんじゃないみたいだね」

聖子はソファに腰かけている夫の隣に行って座り、守のこめかみから白髪が集中的に生えだしたのに気づいた。

孫ができるとかいう話は舞い込むし、「ゆらゆら」に入った気の弱そうな若い経理担当男性に引き継ぎ作業をし、ダッシュで金原事務所に駆け込んで確定申告書類作成をする忙しい毎日に追われていて、しかも所長が妙なことを言うもんだから、このところ夫に対して注意散漫になっていたことは否めない。

聖子は経験したことのないうしろめたさの感覚にとらわれて、一所懸命、夫のこめかみの白髪を撫でつけることになった。

「ああああ、もうっ！」

恬淡《てんたん》とした性格には珍しく、いらいらした声を上げると、守は妻の手を振り払うように、両手を髪の毛につっこんでかき回した。

「ごめん、くすぐったかった？」

「いや、そうじゃない。今日はもう、寝る」

「また八時だけど」

「寝る以外に何一ついい方法が思いつかないんだ。とにかく寝る」

「お風呂に入ってからにしたら。そのほうがよく眠れるから」

「そうだな」

夫はすたすたと風呂場に行き、十分もしないうちに茹蛸のようになって出てきた。

「あら、もう出たの」

うなずくと自ら冷蔵庫を開けて、缶ビールを取りだしてプルトップを引き上げ、一口飲んでから、

「寝る」

と言って歩き出した。ベッドでビールを飲まれるのは、聖子はあま

り嬉しくないのだが、今日は黙認したほうがいいのだろうと思って、見送るつもりでいると、夫は引き返してきてダイニングの椅子に腰かけ、残りを飲んだ。

「こういうときはさ、すべてを明日に持ちこして寝るのがいちばんだと思ってる。マーガレット・ミッチェルの『明日は明日の風が吹く』とかさ、聖書の『明日のことを思い煩うな。今日の苦労は今日一日にて足れり』とかさ、内田百閒の『明日できることは、明日やったほうがいい』とかさ、そういうのを思い出して、寝るの。これがいちばん効くね」

「あ、そう。そうね」

「なんで本が好きかっていうと、本にはさ、叡智が詰まってるからだよ。ほら、例の、あれとかさ」

「例のあれって、何？」

「きみの好きなやつ」

「好きなやつ？」

「さりとて生きてゆく限り／結局我ン張る僕の性質／と思へばなんだか我ながら／いたはしいよなものですよ」

　夫が引用した詩を、聖子は引き取って続けた。

「考へてみればそれはまあ／結局我ン張るのだとして／昔恋しい時もあり　そして／どうにかやつてはゆくのでせう」

「考へてみれば簡単だ／畢竟意志の問題だ／なんとかやるより仕方もない／やりさへすればよいのだと」

「思ふけれどもそれもそれ／十二の冬のあの夕べ／港の空に鳴り響いた／汽笛の湯気や今いづこ」

夫は缶ビールの最後の一口を喉に流し込むと、

「だいじょうぶ。いままでだって何回もこんなことはあった。なんとかする。勉に子供も生まれるしね。思い出してみろよ、たった数か月前まで、きみの悩みは、息子が生涯童貞で終わるんじゃないかってことだったんだ。明日を思い煩うのがいかにバカバカしいかってことだよ。明日のことなんて、誰にもわかりゃしない」

聖子よりは自分に言い聞かせ、夫は妻の肩をぽんと一回叩いて、こんどこそ寝室に引き揚げて行った。

聖子は一人ダイニングに残されてぼんやり考えた。

明日は今日予想できるものじゃない、とは、誰にも否定できない真実だ。守の言う通りで、明日という日に意味があるのは、今日とは違うことが起こるからなのだ。

「この世って、生まれてくるに値するんでしょうか」

あのとき、勉の子供を妊娠しているトヨトミチカコに、確信を持って「値する」と言ってあげなかったのが悔やまれる。もう、二人は産むことを決めたのだし、もはや聖子に何かを聞いてみようなんて気はなくしているかもしれないが、それでも、もしチカコが同じことを聞いてきたら、今日と明日は違う一日で、それぞれ新しいことを体験する、それを知るだけでも意味はあるんだと、そう言ってみよう。

二月に入り、聖子は正式に「ゆらゆら」の仕事を終了させ、確定申告で殺気立つ金原事務所の仕事専従に戻った。いつもこの時期になると、週五日か、下手すると六日勤務体制になるので、あまり家にいない状態は変わらなかった。

聖子個人にとって変化と言えるのは、金原女史が前々から「取ってみたら」と言っていた簿記資格に挑戦していることかもしれない。「ゆらゆら」の仕事をしていると、ときどきわからないことが出てきて、その都度、金原女史に確認していたのだが、一度自分の知識を整理するために資格試験を受けてみてもいいような気がしてきたのだった。

少し試験対策をすれば、二級はすぐ取得できるだろうし、この際がんばって一級を取ったら、待遇もアップすると、金原女史は言う。しぶちんの金原女史が提示する昇給などそうそう期待はできないが、夫の守も五十を過ぎて新しい仕事の展開を考えたときに、拡大よりは縮小の方向へ行くはずで、もしかしてほんとうに、夫のプロダクションの経理を引き受けるなんてことも、将来的にはあるかもしれないと考えたためもある。

でも孫が生まれたら、しょっちゅう関西へ行ってやらなければならないのかもしれない。いったいこの先どうなるのかは、まったく予想できない。予想できないことを楽しむしかないと、聖子は考えることにしている。

そんな折、成田空港の消印で、久世穣から葉書が来た。前回よりはずっとまともな日本語だったので、どうやら少し落ち着いたらしい。

「父の遺品の整理をした後、少しだけ日本に滞在するつもりでした。でも、思ったより長くなりました。いろいろなことがあったので、久米島にはあまりいたくなくなり、少しの間、京都にいました。寒かった！　聖子さんに会えて楽しかったです。いまは、アメリカに帰りますが、また訊ねてくると思います。そのときまで、お元気で。

久世穣」

雪をかぶった銀閣寺の絵葉書に、そんなふうに書いてあった。

勉が就職先を探し始めたと聞いて、やきもきする聖子だったが、ある日、久しぶりに明るい顔をした夫が帰宅して、台湾に行っている小次郎くんが、恋人の医師といっしょに帰って来る、今日、電話をもらった、と言う。

「いっ？」

「来月の半ば。一度、勉とチカちゃんもよんでさ、飯でも食おうって話したんだけど」

「いいわね。でも、勉たち、来るかしらね」

「行き帰りの交通費くらい、なんとかしてやると言えば来るだろう」

「小次郎くん、どれくらい日本にいるの？」

「うん、それがね、帰って来るらしいんだ。こっちで暮らすつもりらしい」

「どうしたの、突然。だって、何か月か前にあっちに行ったばかりじゃない」

「そういうこと、話したいんだろ。勉に連絡してみてよ」

ということで、あれこれ考えつつ、息子に携帯メールで連絡を取ると、

「行く。小次郎くんの飯、希望」

と、返信があった。母の飯より、叔父の飯のほうがいいらしい。


宇藤家の食卓が久しぶりに賑やかになり、台湾家庭料理の夕べが持たれたのは、三月半ば、ホワイトデーを過ぎた日曜日のことだった。

結局、のびのびになった上に二人してすっかり忘れていた、守と聖子の結婚二十五周年祝も兼ねることになった。

小次郎くんは恋人を都内のホテルに置いて、前日から宇藤家に泊ま

り込み、八角の効いた豚角煮や、煮あずきの仕込みに入るほどの念の入れようで、当日のテーブルにはその他に、皮蛋《ピータン》豆腐、大根の紹興酒漬け、お手製大根餅といった前菜が並び、メインは「獅子頭」という巨大肉団子のお鍋で、

「ほんとは豚なんだけど、あっさりさせたいから今日は鶏肉で作ったの」

とは小次郎くんの解説だったが、最後に残ったスープで雑炊を作ってお腹いっぱい食べた後の、デザートのおしるこまで台湾風だった。

食事中の話題は、ほとんど小次郎くんが独占した。聖子と守がメールで台湾人だと思い込んでいた小次郎くんの彼氏は、現れてみると鈴木正雄さんというわりとシンプルな名前の大柄な日本人で、美容整形

外科医だということだった。腕を買われて台湾の病院に招かれたはずなのに、何か月かで帰ってきてしまって大丈夫なのかと聞くと、小次郎くんが代わって答える。

「腕がいいから日本にもいっぱい仕事があるんだよ。でも、一年は契約があるから、僕だけ先に帰ってくるの。こっちの仕事はもう今月から始まるから」

「仕事って」

「プレスのだよ。また転職したの。住むとこはもう決めた。『同性パートナーシップ条例』ができたから。戻ってきたのも、それが大きいよね」

隣の大柄な鈴木正雄さんは、にこやかにこっくりうなずく。

「根本的な同性愛差別が解消したわけじゃないし、いろいろと問題を指摘する人もいるけど、日本でもＬＧＢＴを前向きに考える傾向が出てきたのはいいことなんじゃない？　だから、僕らも当事者として、ここで暮らして行く選択をしてみていいかもと思ったんだよね」

鈴木正雄さんは、もう一度、大きくうなずく。

「あなたさ」

小次郎くんは、唐突に話を変えて、トヨトミチカコを真正面からじろじろ見ると、

「コンタクトレンズにして、髪をショートボブにしなよ。似合うから」

と言った。チカコは面食らって、大根餅を喉に詰まらせそうになっ

た。

お開きになるかというタイミングで、勉が瀬戸内海に面した街の私立高校の社会科の先生になることが決まったと報告した。少し遠いけれども交通費が出るから、チカコが出産ののち、修士論文を書き終わるまでは、いま住んでいるところから新幹線で勤務校に通うことになるのだそうだ。

「なんでこんな、最後になって言うんだよ。めでたい話じゃないか。そういうのは最初に言って乾杯するものだろう」

守は鼻を膨らませたが、夫婦ともに、息子の就職の報に接して、じんわりと嬉しい気持ちが込み上がってきたのは事実だった。

じゃあ、乾杯だ、と言って、小次郎くんが冷蔵庫から引っ張り出したのは、鈴木正雄さんがお土産に持ってきた高そうなグラッパだった。

いや、いくら飲み足りなくても、四十度のお酒なんかとても飲めないと聖子は言い、じゃ、そのぶん私が、と何を考えたかチカコが眼鏡の奥の目を輝かせ、あなたダメよお腹に赤ちゃんがいるんだからと止めに入ると、つわりが終わって安定期に入ったせいで緊張感をなくしているのか、チカコは下唇をつき出して不満そうにした。

それじゃちょっとインチキだけどと言いながら、小次郎くんは二人のためにインスタントのエスプレッソを淹れてくれて、

「お砂糖を入れたらかき回さずに飲んで、残ったコーヒー味のお砂糖にグラッパをほんのちょっとだけかけて、溶かしながら舐めなさい」

と、レクチャーした。

強いお酒にようやく口がほぐれた勉が、

「忙しくなるから、いまのうちにと思って、おととい入籍した」

と言うものだから、聖子は仰天して、トヨトミ家のご両親はご存知なのかと問いつめると、チカコが、

「言いました〜」

と、力の抜ける口調で答えた。

酔っ払った守は、だからおまえそういうのは最初に言って乾杯するんだとしつこく言い、言う度に小次郎くんが、兄ちゃん、乾杯しようね、とグラッパを注いだ。

深夜にタクシーで小次郎くんたちは引き揚げ、勉とチカコは泊まっ

たけれども、朝になっても聖子以外は起きてくる気配もなかった。

そういえばここ二、三か月、月のものがないけど、こんどこそ、あがったのかなと考え、どことなく月経前症候群めいた下腹の張りがあるのにも気づき、きっぱりとはあがらないのよ、予断は許さないのよ、と、一人、カフェオレとトーストの朝食を摂りながら、聖子はいつものように脳内独白を続けた。

参考文献

『女性に関する十二章』伊藤整（中央公論社、一九五四年）
『在りし日の歌』中原中也（創元社、一九三八年）

解　説

酒井順子

本書の主人公である宇藤聖子は、いわゆる「平凡な主婦」です。二十五歳で結婚し、子育て中は仕事を辞めていたけれど、一人息子に手がかからなくなってからは税理士事務所でパート勤務をしている、五十歳。そろそろ閉経しようかと言うお年頃です。

そんな聖子さんの日常を揺らすさざなみの数々が描かれている、本書。それまでの人生においても、聖子さんは様々な大波小波と出会ったでしょうが、五十歳にして「波」の立ち方を彼女がじっくりと眺めることになったのは、それが人生の一つの曲り角であったと同時に、伊藤整の『女性に関する十二章』という本に出会ったからなのでした。

本書にもあるように、『女性に関する十二章』は、昭和二十八（一九五三）年に「婦人公論」に連載されたエッセイです。翌年単行本が刊行されると大ベストセラーになり、映画化されたり、また「○○に関する十二章」という言い方が流行《はや》ったりと、社会現象化することとなりました。

「結婚と幸福」で始まり「この世は生きるに値するか」で終わる『彼女に関する十二章』（以下「中島十二章」）の章タイトルは、『女性に関する十二章』（以下「伊藤十二章」）と、ほぼ同じ。この物語は、「伊藤十二章」が書かれた敗戦から八年後の日本と、つながっているのです。

たとえば「中島十二章」の第二章は、「男性の姿形」。「伊藤十二章」の第二章は「女性の姿形」であって、「中島十二章」と「伊藤十二章」の章タイトルの違いは、この部分のみとなっています。

「男性の姿形」における聖子さんは、「伊藤十二章」の第二章部分を、読んでいるのでした。そんな時に受け取ったのは、初恋の人である久世佑太の息子・穣が書いた、佑太が他界した旨の手紙。

「伊藤十二章」には、

「私は、人生の初めに男性に現われる愛情は表現されないで終るのが常だ、ということの確信を持ち続けます。なぜなら、女性もそうだからです」

とあるわけですが、「久世佑太は、まぎれもなく聖子の『人生の初めに現われ』『表現されないで終った』愛情の対象」なのです。夫の守さんには言わず、穣とメールをやりとりする、聖子さん。三度目に穣と会う時は、父親に似ている穣を眺めつつ、

「表現されずに終る人生の初期の、少年期や少女期の印象の上に、異性から受ける感動は積み重ねられます。人は横の、その時の流行の姿形によってではなく、タテの、記憶や無意識の積み重ねを刺戟されることによって異性に対する感動を積み重ねていくもののようです」

という「伊藤十二章」の言葉を思い出すのでした。

このように、聖子さんの生活のあちこちに、「伊藤十二章」は顔を出すようになります。

「ある女性を愛して結婚したから、即ち性の独占を誓ったから、妻のみで満ち足りているというのは、男性の本来の姿ではありません」といった「伊藤十二章」の記述は、当時の女性達にとっては相当衝撃的だったようです。当時の「婦人公論」では「『女性に関する十二章』への抗議」といった特集が組まれ、「身勝手な男のセリフ」「『女大学』の現代版」「女性牽制の書」などと、女性達から反撃されているのでした。男は誰しも浮気心を持つ、といった事は今となっては誰もが知っており、「中島十二章」でも守さんが「使い古された意見」と言っていますが、当時の女性としては明文化されたくない真実だった模様。「女は誰しも浮気心を持つ」ことすら皆が知っている今とは、かなり違う感覚です。

ここで湧いてくるのは、中島京子さんはなぜ今、「伊藤十二章」すなわち『女性に関する十二章』に再びスポットライトを当てたのか、という疑問です。前述の通り、「伊藤十二章」には当時、反感を覚える女性もいました。男性の思い通りに女性を動かそうとしているのね、と。「伊藤十二章」には女性を揶揄《やゆ》するような書き方が見られもして、現代にはそぐわない部分もおおいにある。

しかし「伊藤十二章」をよく読むと、印象は変わってきます。これは決して「女大学の現代版」ではなく、伊藤整がこの時代に抱いていた危機感を、女性達へと敷衍《ふえん》するために書いたのではないか、と。

敗戦後、選挙権が与えられたり、姦通罪が廃止されたりと、日本女性の立場はがらりと変わりました。女性も男性と同じ「人」なのだ、ということが、発見されたのです。

変わったのは、女性の立場だけではありません。軍隊や「家」制度は廃止され、日本の民主化が進むことに。

しかしばらく経つと、「逆コース」という現象が見られるようになってきます。突然与えられた民主主義の取り扱い方がわからずに人々がオタオタしている間に、再軍備化が進み、「家」制度の復活等も囁《ささや》かれるように。つまり「日本を元の姿に戻そう」という動きが盛んになってきたのです。

「伊藤十二章」は、そんな時期に書かれた書。伊藤整は、個人の欲求を皆が押し殺さざるを得なかった戦争中の全体主義に日本が戻ることを、危惧していました。夫が酒を飲みたいと言うのであれば、私は着物なんかいらないわ。……という類《たぐい》の、陶酔を伴う自己犠牲は日本人にとって親しみ深いものだけれど、それがいかに危険な精神であるかを、「伊藤十二章」では繰り返し、説いているのです。

「中島十二章」でも、「軍事力と日本的情緒がセットになることこそ危険」であり、伊藤整が訴えたかったのはそこではないか、と守さんが語っています。そんな守さんの思いは、中島京子さんの思いでもあるのではないか。

今の日本では、多様性を尊重する動きが進み、「自分らしく」といった言い方も流行っています。伊藤整の時代よりもずっと、民主化は進んでいるようにも見える。

しかし一方では、そういった流れに反発するように、保守化の動きが活発になり、キナ臭さがそこここから立ち上るように。すなわち現代もまた、「逆コース」の時代なのではないか……？

そんな不穏な空気を、中島京子さんは一人の平凡な主婦の生活の中に、織り込んでいきました。ちょうど、伊藤整が女性向けの軽いエッセイの体裁で、世への警鐘を鳴らしたのと同じように。

守さんの弟である保さん（兄弟合わせると「保守」！）はゲイで、小次郎と名前を変えて生きています。世の中には色々な人がいる、と知りつつ聖子さんは、勤め先で知り合った元ホームレスで謎のボランティア、「調整さん」こと片瀬さんが、お金に無頓着に生きていることにイラついて、自分の「正義」を押し付けたりもしてしまう。そしてそんな片瀬さんにとって聖子さんは、「表現されないで終る」人生初期の愛情の記憶を刺激される相手だったらしく……。

平凡な主婦の生活を描くこの物語は、日常のあれやこれやが、過去と分かち難く結びついていることを、読者にそっと伝えます。軽い読み心地の底に沈む苦い粒々の存在は、二人の書き手を経て、昭和二十八年から今に伝えられた、我々へのメッセージでもあるのでした。

（さかいじゅんこ・エッセイスト）

本書は、株式会社中央公論新社のご厚意により、中公文庫『彼女に関する十二章』を底本としました。但し、頁数の都合により、上巻・下巻の二分冊といたしました。

彼女に関する十二章　下
（大活字本シリーズ）

2022年11月20日発行（限定部数700部）

底　本　中公文庫『彼女に関する十二章』

定　価　（本体 2,900 円＋税）

著　者　中島　京子

発行者　並木　則康

発行所　社会福祉法人 埼玉福祉会

埼玉県新座市堀ノ内 3—7—31　〒352—0023

電話　048—481—2181

振替　00160—3—24404

印刷製本所　社会福祉法人 埼玉福祉会 印刷事業部

ISBN 978-4-86596-545-2

大活字本シリーズ発刊の趣意

現在，全国で65才以上の高齢者は1,240万人にも及び，我が国も先進諸国なみに高齢化社会になってまいりました。これらの人々は，多かれ少なかれ視力が衰えてきております。また一方，視力障害者のうちの約半数は弱視障害者で，18万人を数えますが，全盲と弱視の割合は，医学の進歩によって弱視者が増える傾向にあると言われております。

私どもの社会生活は，職業上も，文化生活上も，活字を除外しては考えられません。拡大鏡や拡大テレビなどを使用しても，眼の疲労は早く，活字が大きいことが一番望まれています。しかしながら，大きな活字で組みますと，ページ数が増大し，かつ販売部数がそれほどまとまらないので，いきおいコスト高となってしまうために，どこの出版社でも発行に踏み切れないのが実態であります。

埼玉福祉会は，老人や弱視者に少しでも読み易い大活字本を提供することを念願とし，身体障害者の働く工場を母胎として，製作し発行することに踏み切りました。

何卒，強力なご支援をいただき，図書館・盲学校・弱視学級のある学校・福祉センター・老人ホーム・病院等々に広く普及し，多くの人人に利用されることを切望してやみません。